LA RÊVE-PARTY

DU MÊME AUTEUR
CHEZ POCKET

LES VENDANGES TARDIVES
LA COURTE PAILLE
LES JULOTTES

FRANÇOISE DORIN

LA RÊVE-PARTY

PLON

ISBN : 2-266-12779-9.

PRÉFACE

Exceptionnellement, j'ai accepté d'être le nègre de quelqu'un. Ou la nègre. Ou encore la négresse. Selon que l'on suive l'Académie française, le vocabulairement correct ou le féminisme pur et dur. Peu importe d'ailleurs. Disons, pour contenter tout le monde, que j'ai accepté d'être la « plume » d'une personnalité qui a eu une vie si riche d'aventures qu'elle ne peut disposer des loisirs nécessaires pour les écrire. Elle a juste pris le temps de m'en raconter quelques-unes lors de ses passages sur la terre et je me suis amusée à les rédiger lors de mes échappées vers les nuages.

Il faut vous dire que mon « associée » pour ce livre est une fée. Mais attention, pas une fée pour enfants. Une fée pour adultes. Exclusivement. Interdite aux moins de douze ans.

Elle est la fille du Père Noël et d'une jeune Anglaise qui y a trop cru, Claire Henett, devenue une superstar de la psychochiromancie. Elle est née un 25 décembre à la clinique de l'Immaculée-Conception – maison fondée voilà bientôt 2000 ans –, déclarée sous X, forcément, et sous le nom de Mary Christmas, cela va de soi.

Elle a passé son enfance et son adolescence par

moitié sur le nuage de son père, fréquenté bien sûr par les plus grands « esprits » (dans tous les sens du terme), et par moitié à Londres, chez sa mère qui, grâce à son don de médiumnité, était constamment en relation avec l'au-delà.

Mary a donc bénéficié d'une double culture – céleste et terrestre – et aurait pu envisager toutes sortes de carrières. Mais elle n'a jamais été attirée que par une seule : celle de fée pour adultes. Ses parents l'ont encouragée dans cette voie, sachant qu'à part l'Etat-providence et les jeux télévisés, elle n'y aurait guère à craindre la concurrence.

Son père lui a promis de lui donner le cas échéant un petit coup de main, voire un petit coup de baguette.

Sa mère, elle, s'est engagée à l'introduire auprès de certains de ses clients, séduits par l'irrationnel. Je comptais parmi ceux-là.

C'est ainsi que j'ai fait la connaissance de Mary Christmas, du bout de ciel bleu qu'elle avait dans les yeux… et de la terre qu'elle avait sous ses baskets. Nous avons tout de suite sympathisé : je suis curieuse. Elle est bavarde. Elle rit d'un rien. Et moi, de tout. Nos complicités innombrables ont tissé entre nous une amitié telle que je n'en ai jamais connu de pareille… sauf dans les contes de fées, bien entendu !

LE PRÉSIDENT DE LA RÉPUBLIQUE

Il était une fois un retraité qui ne tirait pas de sa retraite la satisfaction attendue. Pourtant son attente n'avait pas été exorbitante. Autrefois, oui, il avait rêvé au-dessus de ses moyens, au-dessus de son caractère surtout. Rendez-vous compte : lui qui était foncièrement humble et conciliant, il aurait voulu être un puissant de ce monde ! A sept ans déjà, quand on lui demandait ce qu'il aimerait faire plus tard, sans la moindre hésitation il répondait : « Président de la République ! » Or il s'appelait Baptiste Leffacé : ce n'est pas un nom de président.

Et finalement…

Il est resté dans la Creuse, chez ses parents, et sur les instances de son père, artisan peintre constamment en butte aux tracasseries fiscales, il est entré dans l'administration, comme son voisin et soi-disant copain, Roland Lechef. Seulement ce dernier, emboîtant le pas paternel, a choisi « les Finances ». Lui, « les Télécommunications ». Rapidement, Roland est devenu inspecteur des Impôts. Lui, Baptiste, est devenu d'abord facteur et, après une chute pendant sa tournée, a stagné derrière un guichet de la poste sous la férule méprisante de Gaston Lechef, l'oncle de Roland.

Parallèlement, Baptiste Leffacé aurait aimé consacrer ses loisirs à la musique et que la clarinette fût – si je puis dire – son violon d'Ingres.

Et finalement…

Il s'est contenté de jouer du tambour dans la fanfare municipale, sous l'intransigeante baguette de Maurice Lechef, le père de Roland, qui lui y jouait du pipeau… à plus d'un titre.

Baptiste a aussi rêvé d'être le César d'une Cléopâtre de légende – en l'occurrence, une certaine Eléonore… que Roland lui a soufflée sur le poteau d'arrivée, sans même passer par la mairie.

Et finalement…

Contraint par une grossesse malencontreuse, il a épousé Mauricette Lechef. Eh oui ! La fille, sœur et nièce des précédents, dont elle avait hérité la suffisance et l'autorité.

Pour compenser ses diverses déceptions, il aurait voulu enfin être le père comblé d'un enfant qui aurait eu des ambitions aussi grandes que les siennes et les aurait réalisées, lui !

Et finalement…

Il a eu un fils, moyen en tout, qui s'est marié avec une cousine des Lechef, qui ne se croyait inférieure en rien, sauf à ses parents – Emile et Emilienne Souchef, autres champions de l'arrogance dont le malheureux Leffacé a été bien entendu victime.

Néanmoins, il rend grâce au jeune couple car – miracle des gènes ! – il lui a fabriqué un petit Ludovic, charmant, charmeur, malin, vif, rieur, débrouillard. Il est né trois mois après que Baptiste eut perdu sa femme dans un accident de la circulation – artérielle – et quinze jours avant que l'âge lui ait ouvert légalement les portes de l'oisiveté.

Voilà donc, à soixante ans, Baptiste Leffacé veuf sans chagrin et sans libido tourmentante, retraité sans grands moyens mais sans grands besoins, et grand-père d'un bambin plein de promesses. Tout ce qu'il faut pour atteindre un bonheur cette fois accessible : marcher ! Oui, tout simplement marcher. Se déplacer. Etre debout. Lui qui pendant quarante ans de sa vie a été rivé, le jour, d'abord à sa selle de vélo puis à son siège des PTT, sous l'œil de son chef – Lechef Gaston –, le soir, à son fauteuil devant la télé sous l'œil de sa femme – née Lechef Mauricette – et le dimanche, aux gradins du stade de foot, sous l'œil de Lechef Roland, chef des supporters de l'équipe locale. Lui, l'éternel assis, rêve de marcher. De flâner, de se balader, nez au vent, sans but, de voir des paysages nouveaux et, un peu plus tard, partir en randonnée avec Ludovic qui s'annonce comme un solide gaillard.

A huit ans, l'enfant en paraît quatre de plus. Hélas ! A soixante-huit ans, Baptiste, lui, c'est dix de plus qu'il a l'air d'avoir. Il ne peut presque plus marcher que dans sa tête qui elle, en revanche, continue à courir de projet en projet avec son petit-fils :

— Si j'étais guéri… pour tes grandes vacances, on pourrait descendre par étapes jusqu'à Monte-Carlo. On longerait la Méditerranée jusqu'à Marseille et puis on remonterait ici… peut-être en train… si tu es fatigué.

Ludovic adore son grand-père. Il l'a baptisé « Baba » avec une volonté évidente de confusion avec « Papa ». Il est heureux que son Baba soit le seul à l'appeler « Ludic ». Heureux d'être son confident. Surtout quand il lui a dit :

— Tu ne peux pas comprendre, mon chéri, mais tu es mon rayon de soleil. Dommage que tu te sois pointé trop tard : au couchant.

Ludovic a très bien compris, et l'un de ces dimanches qu'il passe régulièrement avec son grand-père, il lui demande à brûle-pourpoint :

— C'est quoi déjà que tu as aux jambes ?

— Des varices.

— Ah oui ! C'est ça ! Des trucs boursouflés, hein ?

— Oui ! Des veines !

Ludic pétille de l'œil et justifie son surnom :

— C'est vraiment pas de chance… d'avoir des veines !

Baptiste soupire : « Tu es bête ! » Histoire de ne pas lui dire : « Je t'adore. » C'est d'ailleurs ça que l'enfant entend. Il poursuit :

— C'est surtout à la droite que tu as mal ?

— Oui, celle que je me suis cassée autrefois, en tombant de vélo.

— Quand t'étais facteur ?

— Oui. C'est même à cause de ça que j'ai cessé de l'être. Ton grand-oncle, Gaston Lechef, m'a mis au guichet.

— T'aimais mieux ?

— L'hiver, oui. Ou quand il pleuvait.

— Ça devait quand même pas être très rigolo.

— Ça non ! Mais tu verras, dans la vie, on ne fait pas toujours ce qu'on veut.

— Qu'est-ce que tu aurais voulu faire, toi ?

Baptiste hésite à répondre. Il est conscient de la disproportion ridicule entre la hauteur de ses aspirations premières et la petitesse des réalités d'aujourd'hui. Mais il découvre dans le regard de son petit-fils la tendre curiosité dont il a été privé toute sa vie et il ose lui confier :

— J'aurais voulu être président de la République !

Ludic hurle de joie et de surprise :

— Ah, ça alors, c'est géant ! Moi aussi !

Quel bonheur pour Baptiste ce petit-fils qui, à soixante ans de distance, a les mêmes rêves que lui.

— Toi aussi ! s'exclame-t-il ravi. Mais pourquoi tu voudrais être président ?

— Pour faire chier le monde !

Il est certain qu'un grand-père digne de ce nom d'une part reprocherait à son petit-fils la vulgarité de son vocabulaire et d'autre part lui signalerait que le but, l'objectif final d'un chef d'Etat républicain ne doit pas être de... de... contrarier ses concitoyens.

Mais Baptiste n'est qu'un grand-père digne... de l'amour de son petit-fils et il lui avoue avec la même verdeur d'expression :

— Moi, je voulais être président pour botter le cul des gens !

— Tous les gens ?

— Non ! Ceux qui m'écrasaient sous leur fausse supériorité.

— Les Lechef, quoi, en gros ?

Décidément, il n'est pas bête, le petit ! Il a tout deviné. En plus, maintenant il semble frappé d'une illumination :

— C'est avec ta jambe droitc que tu voulais le botter le train des Lechef ?

— Ben… euh… Oui, plutôt… puisque je suis droitier.

— Alors, c'est ça !

— C'est ça quoi ?

— Ta jambe droite ! C'est pas les varices qui la gonflent. C'est les coups de pied au cul qui sont restés dedans !

Un psy aurait dit à Baptiste qu'il « somatisait ses frustrations sur le membre le plus approprié à les assouvir ». En vérité, il s'agirait du même diagnostic. Mais Baptiste préfère de beaucoup la façon que Ludovic a de l'exprimer. Il raffole aussi de sa conclusion :

— Si tu libérais tous les coups de pied au cul que t'as retenus, tu verrais, ta jambe dégonflerait.

Baptiste serre dans ses bras son « merveilleux Ludic », son « grand petit bonhomme », son « double miniature », mais l'enfant pourtant affectueux d'habitude se détache de lui assez vite et lui parle presque rudement :

— Tout ça c'est très gentil, mais y a pas de temps à perdre : moi j'ai hâte que tu guérisses !

Baptiste ironise en douceur sur la détermination de son petit-fils. Bien sûr, « à cœur vaillant rien d'impossible », « aux innocents les mains pleines », « l'enfant est un dompteur de rêves », mais quand même…

— Tu ne penses pas qu'il est un peu tard pour que je devienne président de la République ?

— Ça, évidemment ! Faut viser à l'étage supérieur !

— Comme tu y vas ! Mais mon pauvre chéri, il n'y a personne au-dessus du président.

— Tiens donc ! Et Mary Christmas ?

Baptiste s'attendrit : les enfants d'aujourd'hui, ceux de la TV et des jeux vidéo, en apparence si matures, gardent malgré tout leur âme d'enfant. En tout cas, Ludic. Son grand-père voudrait bien le préserver, mais quand même il ne peut pas le laisser dans l'ignorance :

— Mary Christmas est une fée. Elle n'existe pas.

— Ah bon ? Et comment tu expliques alors qu'elle ait un site sur Internet, avec sa photo ?

— Je suppose qu'on y recommande certains produits « magiques ». C'est une pub, tout simplement.

— Mais non ! On te vend rien. On te rend parfois des services. Toujours gratos !

— Enfin, Ludic, réfléchis : si ta Mary Christmas existait vraiment, ça se saurait.

— Mais ça se sait… Puisque toi-même tu connaissais son nom. Seulement les gens sont comme toi : ils n'y croient pas.

Baptiste s'étonne que son petit-fils, en général assez réaliste se laisse piéger par ce genre de supercherie. Ludic se vexe. Se fâche. Puis sous le coup d'une inspiration subite fait à son grand-père cette proposition propre à l'ébranler :

— Je te parie ma tirelire contre la tienne que Mary Christmas existe bel et bien.

— Non, mon grand ! Je ne veux pas te ruiner !

— C'est moi qui te ruinerai : Mary Christmas existe.

— Gros malin ! Comment tu pourrais m'en fournir la preuve ?

Ludovic n'a pas le temps de répondre. Une tornade bleue arrivée par la cheminée tourbillonne autour de la pièce avant de s'arrêter devant Baptiste sous la forme d'une jeune femme blonde qui, en plus de son irruption insolite, a un look suffisamment irréel pour convaincre n'importe quel sceptique de sa réalité. Ludovic a le triomphe explosif. Baptiste, la défaite éblouie. Sa première réaction est celle d'un honnête homme : il veut aller chercher sa tirelire pour s'acquitter de son pari perdu. Mais Mary l'en empêche :

— Plus tard ! Vous avez vu : je suis venue en coup de vent. Uniquement parce que j'ai un gros faible pour votre histoire. La vôtre et celle de Ludovic, mais je ne peux pas m'attarder : j'ai dans la soirée une série de rendez-vous très importants. Il faut que nous partions tout de suite.

— Mais pour aller où ?

— Dans le Centre de postériothérapie que j'ai créé à votre intention, près d'ici.

— La postériothérapie ? Qu'est-ce que c'est ?

— Un traitement de mon invention qui va soigner vos inhibitions.

— Mais comment ?

— En mettant à votre disposition tous les postérieurs que vous avez eu envie de botter au cours de votre vie.

— Et là, je pourrais…

— Assouvir toutes vos pulsions enfouies. Ce qui va peu à peu alléger votre jambe droite de sa surcharge psychique et la rendre à son état initial.

Ludovic trouve ça « génial ». Baptiste « terriblement dangereux », vu que les postérieurs brutalisés par lui vont se retourner et mobiliser le restant de leur corps afin de le mettre à mal. Pour mener à bien – et sans risques – une telle opération punitive, il faudrait être président de la République. Mais Mary Christmas a-t-elle le bras ou plutôt la baguette assez longue pour lui ouvrir les portes de l'Elysée ? Il ne le pense pas : la politique ne peut décemment pas dépendre d'un coup de baguette. Mary se garde de lui apprendre que d'autres le pensent : tous ceux qui à l'heure actuelle briguent le poste suprême et qui lui ont demandé rendez-vous par messages codés. Ce sont eux qu'elle doit rencontrer dans la soirée. Les pauvres ! Après s'être accrochés aux planètes des astrologues, voilà qu'ils s'accrochent aux étoiles d'une fée. Au moins, elle a l'avantage d'être discrète, elle ! Respectueuse du secret professionnel, elle reste dans le vague pour rassurer Baptiste :

— Ne vous inquiétez pas ! Avec moi, pas de problèmes ! Même sans être président de la République, vous pourrez shooter autant que vous voudrez dans n'importe quel arrière-train, sans aucun risque de riposte, ni de représailles futures.

— Alors…

Dépassé par les événements, soutenu par l'enthousiasme de Ludic, Baptiste Leffacé suit Mary Christmas… avec difficulté. Sa jambe droite est de plus en plus lourde à traîner. Heureusement ils ne vont pas loin : jusqu'au boqueteau qui jouxte la petite maison de Baptiste. Ils s'arrêtent devant l'appentis, aujourd'hui désaffecté et qui servait autrefois de remise au cantonnier du coin.

— C'est là mon Centre de postériothérapie, annonce Mary Christmas.

— Ce n'est pas grand, commente Baptiste.

— Pour une paire de fesses, c'est suffisant.

— Il n'y en a qu'une ?

— Oui. Comme l'a très bien compris Ludovic, les familles Lechef et Souchef polarisent toutes vos rancœurs inexprimées. Vous êtes d'accord ?

— Justement ! Ça représente un sacré paquet de paires de fesses !

— Pas tellement, compte tenu de celles qui ont succombé sous leur propre poids, comme celles de votre femme, ou le poids des années, comme celles du pépé Souchef. Finalement, il en reste douze et encore… en comptant la jeune génération : les petits Lechef et les petits Souchef qui s'annoncent encore pires que leurs aînés.

— Eh bien alors ?

— J'ai examiné d'un œil impartial toutes les fesses possiblement concernées. J'ai éliminé d'office celles des enfants parce qu'il faut quand même leur laisser une chance de s'amender.

— Je n'y crois pas beaucoup, mais enfin, tant qu'ils ne se sont pas encore attaqués à mon Ludic, je veux bien les ignorer.

— J'ai éliminé aussi toutes les fesses avoisinant les quatre-vingts ans – celles notamment de Gaston et de Maurice Lechef.

— Ça, je regrette.

— Non ! Il ne faut pas ! Dans l'état où elles sont, vous n'auriez pas eu le cœur de taper dedans. Faites-moi confiance.

— Bon ! A la rigueur… mais j'espère au moins que vous avez gardé celles de Roland Lechef. Il a un an de moins que moi. Et comme il n'a jamais eu ni femme, ni enfants, ni soucis professionnels ou financiers, il a eu tout le temps d'entretenir sa forme et sa santé.

— Soyez tranquille : elles sont là ! Et vous avez raison : pratiquement à l'état neuf ! Etonnantes de fermeté, d'insolence, de sûreté de soi. Pour tout dire, je leur ai trouvé un petit air symbolique : elles représentent à elles seules toutes celles sur lesquelles vous fantasmez depuis des années. C'est pourquoi je les ai choisies.

Sur le moment, Baptiste est déçu par la décision de Mary Christmas qui réduit son champ de vengeance. Mais peu à peu, il admet que son action sera plus forte, donc plus profitable à sa jambe si elle est concentrée sur une seule cible que dispersée sur plusieurs. Par ailleurs, il est rassuré en apprenant qu'il pourra « personnaliser » ses coups de pied, en envoyant chacun avec le nom de son véritable destinataire et une notice explicative.

Baptiste, maintenant fort bien conditionné pour ses tirs de pénalité (en anglais *penalties*), est impatient de commencer la séance. Mary pensant à ses importants rendez-vous de ce soir l'est tout autant.

Ainsi que Ludovic, doublement motivé par l'intérêt qu'il porte à son grand-père... et au foot. Apparemment, Roland Lechef l'est aussi. Il arrive en courant à longues et souples enjambées, vêtu d'un jogging blanc d'un assez bel effet avec ses cheveux, blancs également, mais drus et bouclés, encadrant un visage hâlé et buriné à point. Manifestement au courant de ce qui l'attend, il passe devant Baptiste et l'interpelle, la morgue aux lèvres :

— Alors, pauvre minus, toujours aussi lâche ! Tu as besoin d'une gonzesse pour régler tes comptes !

Comme Baptiste se tait autant par habitude que par stupeur, Roland Lechef ajoute :

— Alors, tu viens, oui ? Qu'on en finisse ! J'ai d'autres chats à fouetter !

Il ponctue sa phrase d'un rire gras et pousse la porte de l'appentis d'un geste sec.

Baptiste, lui, s'appuie au chambranle pour ne pas tomber. Il faut que d'un côté Mary Christmas le soutienne et le morigène, que de l'autre Ludovic l'entraîne et l'encourage pour qu'enfin il pénètre à son tour dans le lieu expiatoire. Une estrade y a été dressée. Un rideau rouge sommairement installé sur une tringle peut, le cas échéant, la dissimuler. Roland y attend déjà son châtiment d'un derrière ferme, le pantalon du jogging descendu jusqu'à ses pieds, la tête face au mur.

Baptiste reste là comme un pantin pantois, pantelant. Par chance, Roland le provoque :

— Tu te décides, vieux nullard ! Ou sinon c'est moi qui vais te la flanquer la fessée ! Et une pommée encore… comme celle du 14 Juillet à la Broc…

Roland n'a pas le temps d'évoquer plus avant ce jour où dans le parc de la Brocanterie – propriété du marquis de La Brocantière, père de la belle Eléonore – il a fêté avec celle-ci la prise de la Bastille de gaillarde manière. Les deux garçons convoitaient alors la jeune fille : Leffacé avec l'espoir de l'épouser ; Lechef avec le double désir de « se la faire » et d'« emmerder son copain ». Ce 14 Juillet-là, Eléonore eut l'idée très médiévale d'organiser une joute à cheval entre ses deux chevaliers servants à l'issue de laquelle elle se donnerait séance tenante au vainqueur. Ce fut évidemment Roland Lechef. Cavalier émérite, il désarçonna en quelques secondes Leffacé qui n'avait jamais monté… que les chevaux de bois sur les manèges. Non content de sa victoire, Roland ridiculisa le vaincu à terre, en le déculottant, lui fouettant le postérieur avec une branche de houx et – pire que tout – en offrant cette branche à sa Dame – toujours très médiévale – pour qu'elle en use de la même façon que lui. Ce qu'elle fit d'une seule main ; l'autre étant occupée à des besognes… intemporelles !

Ce souvenir cuisant enflamme soudain les ardeurs vengeresses de Baptiste. Son pied se soulève et shoote avec frénésie dans le coccyx de Roland Lechef dont les premiers gémissements génèrent ses premières libérations verbales :

— Tiens ! Salopard ! Ta branche de houx, tu vas me la payer avec une tranche de « Ouille ! ».

Ça y est ! C'est parti ! Il n'y a vraiment que le

premier pas qui coûte. Leffacé commence à se rembourser de tous les affronts que lui ont valus sa gentillesse et son humilité. Le frustré se déchaîne. Salves de mots. Tirs au but. Ça n'arrête pas :

— Tiens ! Pour toutes les punitions au lycée que j'ai récoltées à ta place ! Tiens ! Pour tous les devoirs que tu as copiés sur moi ! Tiens ! Pour tes fayotages auprès de ton oncle à la fanfare ! Tiens ! Pour toutes les calomnies que tu as colportées sur moi ! Tiens ! Pour les copains que tu m'as volés avec tes mensonges ! Et pour les filles ! Tiens ! Pour Pierrot ! Pour Cécilia ! Pour…

Mary Christmas, toujours pressée par le temps, interrompt son énumération et lui conseille de passer à une nouvelle expulsion. Baptiste constatant que sa jambe a déjà sensiblement désenflé, obtempère sans rechigner : il lance son pied dans la même direction mais en changeant d'invectives :

— Pan ! Ça c'est pour ton dictateur de père, mon con de beau-père : Lechef Maurice ! Pan ! Pour ses contrôles fiscaux qui ont ruiné la santé et le petit commerce de ma famille ! Pan ! Pour sa tyrannie gourmande ! Pour ses « on ne me la fait pas à moi ! », pour ses « ils paieront parce qu'ils sont les moins forts ! », pour ses « faute de burnous, faut faire suer le costume cravate ! ». Pan ! Ça c'est pour ta mégère de mère, ma faux cul de belle-mère : Lechef Léonie, propre et douce à l'extérieur, sale et sèche à l'intérieur. Pan ! Pour ses fausses larmes ! Ses faux soupirs ! Ses faux sourires ! Et pan ! Pan ! Pan ! Pour son vrai caractère de merde !

Mary tape de façon très explicite sur le cadran de sa montre. Baptiste comprend le message et y souscrit aussitôt :

— Vlan ! Ça c'est pour Lechef Gaston, ton oncle ! Pendant quarante ans, corbeau infatigable, il n'a cessé d'envoyer des lettres anonymes aux autorités compétentes pour m'empêcher d'avoir de l'avancement et à ma femme pour déchaîner sa jalousie contre moi !

Sur sa lancée Baptiste enchaîne de lui-même :

— Schlak ! Ça c'est pour elle, ma chère épouse ! Schlak ! Pour sa face de raie ! Sa tête de cochon ! Ses ruses de renarde ! Ses aboiements de roquet ! Ses prétentions de dinde ! Schlak ! Pour cette sale bête !

Ludovic, qui n'a jamais connu sa grand-mère, applaudit de confiance mais a quand même hâte que Baptiste s'attaque à des gens qu'il connaît bien. Il n'a pas à attendre longtemps. Le cœur et la jambe considérablement plus légers, Baptiste entreprend de se libérer des coups de pied concernant quelques tourmenteurs de moindre envergure : les Souchef. Il les distribue, c'est normal, avec une moindre conviction et en moindre quantité : quatre « poum ! » pour Souchef Ginette, sa collègue postière qui autrefois l'a accusé à tort de harcèlement sexuel… sous l'influence de Lechef Gaston.

Trois « flouchk ! » pour ce menteur de Souchef Patrick qui s'est vanté d'avoir cocufié son fils auprès de son ennemi héréditaire : l'aîné des fils Lechef.

Deux « plaf ! » pour Souchef Lucienne, la maîtresse d'école de Ludovic qui colle des mauvaises notes au petit à tort et à travers pour complaire à son amant : un Lechef pur jus, de la génération montante.

Un seul « plouf ! » – ça ne mérite pas plus – pour cet enfoiré de Souchef Jean-Mi, qui a lancé la rumeur que lui, le vieux Leffacé, était pédophile... avec l'espoir que la rumeur arriverait jusqu'à la gendarmerie dans les oreilles de l'intraitable capitaine Lechef Antonio (la branche corse des Lechef).

— Terminé ? demande Mary Christmas.

Baptiste relève le bas de son pantalon. Il s'émerveille devant sa jambe droite sans plus de boursouflures que sa jambe gauche, vérifie par quelques mouvements qu'elles sont l'une et l'autre en parfait état de marche et confirme joyeusement :

— Terminé !

Il est tellement heureux qu'il ne s'est pas aperçu de la disparition de Roland Lechef, son précieux exutoire. C'est Ludovic qui la remarque le premier :

— Où il est le punching-ball de grand-père ? demande-t-il à Mary Christmas.

— Tu n'aurais quand même pas voulu qu'il l'attende pour le remercier ?

— Non, mais...

— Sois raisonnable, Ludovic. Ton grand-père est soulagé, heureux. Toi, tu l'es aussi et en plus fier d'être à travers moi l'artisan de ce bonheur. Quant au reste, tu ne t'en occupes pas. C'est mon affaire. Je l'ai réglée. Point barre. D'accord ?

— D'accord, mais...

Cette fois, c'est Baptiste qui intervient pour endiguer la curiosité de Ludovic, entériner le principe de discrétion sollicité par la fée et enfin lui témoigner sa reconnaissance avec une banalité qu'il est le premier à regretter :

— Je ne sais hélas pas comment vous remercier, dit-il.

— Moi, je sais, répond Mary. J'ai une faveur à vous demander.

— Accordée d'avance ! Dites !

— Voilà : j'ai l'intention de proposer à quelques hommes politiques, contraints au silence, la même mini-cure de postériothérapie que la vôtre.

— Bonne idée ! Mais que devrais-je faire au juste ?

— Simplement les accueillir un par un dans le Centre, et une fois là les mettre en face d'une paire de fesses symbolique dans laquelle ils pourront expédier, haut le pied, leurs aigreurs et leurs amertumes silencieuses.

— Les fesses de Roland Lechef ? demande Ludic.

— Non, des fausses. Modulables à volonté en volume et en surface. Gonflables ou dégonflables selon le cas. Et dans une matière – imitation peau – à tromper le plus averti des dermatos.

— Mais, objecte Baptiste, les fesses toutes seules, ce n'est pas suffisant. Il faut un corps et une tête qui vont avec.

— Qu'à cela ne tienne, je vais installer ça tout de suite.

Ce disant, Mary Christmas du bout de sa baguette magique ferme le rideau rouge devant l'estrade où se trouvait Roland Lechef et le rouvre presque aussitôt, découvrant un homme dans la même position que lui, les fesses à l'air comme lui, aussi apparemment vraies que les siennes, mais surmontées d'une veste sombre et bien coupée.

— Ça alors ! s'exclame Ludovic, c'est aussi chouette que les trucages de Spielberg !

— Encore heureux ! Je suis une fée, moi !

Baptiste, moins averti que son petit-fils des mille et une illusions du monde virtuel, est subjugué :

— Mais qui est ce monsieur sur l'estrade ?

— L'ennemi. Le supérieur. L'intouchable. Le Lechef. Tout le monde en a eu un. Ou plusieurs. Les clients que je vais vous envoyer en ont plusieurs. Chacun viendra avec la photo de son, ou de ses, Lechef, et la collera sur la tête du Lechef anonyme, ici présent.

Baptiste étant trop abasourdi pour poser la question qui s'impose, c'est Ludovic qui s'en charge :

— Mais enfin, c'est qui les clients qui vont venir ici se dégourdir le pied ?

— Je vous l'ai dit : des politiciens. Vous les reconnaîtrez certainement. Mais de toute façon, je leur donnerai un laissez-passer.

C'est ainsi qu'à partir du lendemain Baptiste et Ludovic voient défiler tous nos présidentiables. L'un après l'autre. Chacun cache sous son bras la photo de *son* et de *ses* concurrents, montre le badge de Mary Christmas sous le revers de sa veste (Dieu sait pourtant qu'ils évitent de prononcer ces mots, revers et veste), chacun tend la main pour recevoir la clé du Centre de postériothérapie puis y entre, prêt à craquer sous ses tensions internes. Quelques-uns – les plus introvertis, par nature ou par habileté politicienne – enfilent des chaussures à crampons qui rendent leurs coups de pied plus rudes et leur soulagement de ce fait plus rapide. Tout laisse à penser que le défilé continuera bien après l'élection présidentielle. Seul le président élu n'aura plus de démangeaisons au bout du pied... ou alors, lui, il se grattera !

De toute façon, les perdants resteront fidèles à la postériothérapie et continueront à remplir les tirelires de Baptiste et de son petit-fils.

A ce propos... ils vont les casser pour les prochaines vacances. Ils descendront à Monte-Carlo, main dans la main, rejoindre leurs rêves. Chemin faisant, ils traverseront, espérons-le, un village qui s'appellera Lechef-sur-Souchef. De là, il y a fort à parier qu'ils enverront à Mary Christmas une carte postale ainsi rédigée :

« Les coups de pied au cul mènent à tout. A condition de les sortir ! »

LE DOUÉ CONTRARIÉ

— Il était une fois… un Belge une fois… qui s'appelait Honoré Defoy.

Mary Christmas rit malgré elle. Hoche la tête et commente :

— Plus con que ça tu meurs !

Elle est à Londres chez sa mère, la célèbre voyante Claire Henett. Elles regardent ensemble une cassette composée des meilleurs sketches d'Henri Golo. De son vrai nom Jean-Charles Golot. Ce qui change tout. Du moins ce qui a tout changé pour lui. En effet, sous son patronyme d'origine, il a longtemps galéré dans la galaxie du spectacle entre tournées minables et figuration même pas intelligente, sans cesse houspillé par sa « fiancée d'enfance », Sonia Dramoff, qui lui reprochait de ne pas servir, comme elle, dans les rangs du théâtre dit intellectuel. C'est au grand dam de celle-ci qu'un jour, la trentaine venue, en désespoir de cause, il prit le pseudonyme d'Henri Golo, transformé presque aussitôt en « Rigolo ». Il se lança dans un numéro de faux candide qui le propulsa très vite en haut de l'affiche.

Depuis dix ans, il est l'incontournable comique de service des émissions de variétés radiophoniques et télévisuelles, le chouchou des médias et du public. En famille ou entre amis on répète ses histoires, on cite ses reparties, on affirme devant l'auditoire impassible : « C'est irrésistible ! » On ajoute : « En tout cas avec lui. Faut le voir quand il sort ça avec son air entre deux airs, à la fois bête et malin. » Claire Henett ne dit pas autre chose à sa fille. Mais elle le dit plus drôlement. Elle dit :

— Il a l'œil pétillant de bêtise.

Mary approuve cette formule antinomique et l'explication qui suit :

— Provoquer le rire de son prochain sans raison vraiment valable est un don. Je crois qu'on appelle ça la « vis comica ». Et lui, il l'a.

— De naissance ?

— Comme tous les dons. Déjà enfant et adolescent, il désamorçait toutes les colères de ses parents, professeurs et copains, avec des mimiques assez semblables à celles qui ont fait son succès.

— Tu le connais ?

— Un peu. Il y a six mois, il est venu me consulter sur les conseils d'un ami commun et, depuis, cet ami me téléphone de temps en temps pour me donner de ses nouvelles.

— Il a des problèmes ?

— En général, quand on a recours à une psycho-pythonisse, c'est qu'on ne va pas très bien.

— Il est malade ?

— Moralement, oui. Très.

— Qu'est-ce qu'il a ?

— Je n'en sais trop rien. Justement : je compte sur toi pour me renseigner.

— Ça c'est la meilleure ! C'est toi qui es voyante, non ?

— D'accord ! Mais c'est toi qui es fée, oui ?

Elles s'amusent de leur complicité. Elles n'ont peut-être pas le don du rire. Mais elles en ont le goût. Après quoi elles passent sérieusement aux choses sérieuses. En l'occurrence le cas Rigolo. Mary Christmas craint qu'il ne s'agisse du cas archiconventionnel du clown triste pleurant tout seul devant sa glace de démaquillage après avoir déchaîné le rire des foules. Mais non ! Rigolo est un joyeux luron, heureux de sa réussite. D'autant plus qu'il l'a longtemps attendue. Plus exactement, il a été heureux pendant dix ans. Ravi mais pas grisé par les bravos et les compliments ; libéré des soucis d'argent ; rassuré par les projets qui ne cessaient de repousser la ligne bleue de son horizon ; soulagé par sa rupture avec Sonia Dramoff dont il ne supportait plus le mépris visible – et surtout audible ; enchanté par les aventures-Kleenex qui jonchaient sa vie de célibataire ; réjoui autant par la joie sincère de certains que par la jalousie des envieux. Bref, heu-reux !

Et puis, il y a six mois, subitement sur la scène de l'Olympia, le soir de la première de son nouveau one man show, il a une sensation bizarre : « Quelque chose comme la fracture d'un bras ou d'une jambe qui devient à la seconde inutilisable », a-t-il expliqué à Claire Henett. Seulement, ce soir-là, ce n'est pas un membre qui s'est cassé chez Rigolo. C'est sa « vis comica » : il prononce les mêmes mots, soulignés par les mêmes regards… et le rire ne part pas. Il essaye de plaisanter sur la froideur de la salle : rien ! Il force sur les effets – ou plutôt sur ceux qu'il espérait : rien ! Il panique et croit s'en tirer en l'avouant avec cette franchise abrupte qui d'habitude lui vaut toutes les indulgences : rien ! A bout d'arguments, il se raccroche à de vieux sketches au succès mille fois éprouvé : rien ! Ou si peu. Le récital se termine bien plus tôt que prévu sans un seul rappel, sur des applaudissements tout juste polis.

Le lendemain on lit dans la presse, selon la formule consacrée, que « Rigolo a été victime d'un malaise dû au surmenage et que les représentations sont jusqu'à nouvel ordre annulées ». Bien sûr les rumeurs les plus alarmistes se mettent à circuler. Jacky, son imprésario – un ami et un fan de la première heure –, ne le quitte pas un instant. Ensemble, ils constatent que le phénomène perdure dans le quotidien. Voire s'aggrave. Le gardien de l'immeuble, la femme de ménage et les commerçants du quartier – des inconditionnels qui tous les jours « rigolent rien que de le voir » – s'étonnent de son changement. Ils demandent en douce à Jacky si « M. Rigolo n'aurait pas perdu quelqu'un ». Il pourrait leur répondre : « Non il a perdu quelque chose. Mais de si essentiel qu'on peut craindre qu'il se soit perdu lui-même. » Il préfère leur présenter la vérité sous un autre angle : « Oui, il a perdu son frère jumeau. »

Dès que les deux amis sont seuls, ils tentent de résoudre le problème. De l'analyser. De remonter à sa source. De détecter les prémices. Les symptômes. Mais il n'y a ni source. Ni prémices. Ni symptômes. Il y a eu un clash foudroyant que ne justifient ni trac particulier, ni fatigue, ni dopant. Les adjectifs tournent en boucle : mystérieux ! Incompréhensible ! Anormal ! Le dernier s'arrête dans la tête de Jacky, en déclenche un autre : paranormal, qui a son tour déclenche le nom de Claire Henett. Le lendemain, Rigolo est chez elle. Un courant de sympathie passe immédiatement entre eux. Elle le suit depuis ses débuts. Il l'amusait. Il l'attriste. L'intrigue. L'inspire. Elle « voit » son passé avec une précision qui impressionne le comique. Elle lui décrit sa famille, son parcours, son caractère. Insiste sur sa faculté de ne rien prendre au sérieux, appréciée par beaucoup, honnie par quelques-uns dont... Tiens ! une femme ! Elle lui apparaît très nettement. Son image provoque chez elle un mouvement de recul qu'elle explique aussitôt à Rigolo :

— Cette femme a des serpents dans les mains. Il faut vous en méfier.

— Il y a huit ans que nous sommes séparés !

— Elle, elle n'est pas séparée de vous. C'est curieux, elle vous hait et vous aime à la fois.

Cette information laisse Rigolo très incrédule et surtout complètement indifférent. Pour lui, cette histoire est depuis longtemps passée aux oubliettes. De toute façon, il est incapable à présent de s'intéresser à autre chose qu'à la disparition de sa « vis comica ». Et ça, Sonia ne pouvant en être responsable, il conseille à Claire Henett d'aller voir ailleurs. Elle y consent à regret. Interroge tour à tour tarots, boule de cristal, taches d'encre, avec l'espoir d'apporter à son client au moins un début de solution. Elle ne peut lui apporter que ses encouragements amicaux et sa promesse professionnelle que « ça va s'arranger ».

Hélas ! Ça ne s'arrange pas du tout. A chacun de ses coups de fil, Jacky s'inquiète davantage pour son copain qu'il n'appelle plus d'ailleurs Rigolo mais Henri, et la dernière fois même Jean-Charles, son premier prénom, sérieux et plus conforme à son actuelle personnalité. Cela se passait hier. Il a faxé à la voyante une photo récente de... Jean-Charles : l'œil éteint par l'ennui. Méconnaissable. Jacky l'a suppliée de se concentrer sur son cas. Elle l'avait déjà fait. Sans le moindre résultat. Elle recommence, en mobilisant l'ensemble de ses forces : divinatoires, intuitives et psychologiques.

— Conclusion ? demande Mary Christmas.

— Conclusion : je t'ai appelée ! A nouveau, je n'ai rien vu. Rien senti. Aucun signal. Aucun flash. Le noir total. Ça ne m'est jamais arrivé.

— Et avec tes autres clients ?

— Je continue à fonctionner comme d'habitude : un coup d'œil sur leur photo, et en dix secondes le film de leur vie passée et future se déroule. Devant la photo de Rigolo pendant une heure... mon écran reste vide ! Désespérément vide.

— C'est bizarre.

— J'irais jusqu'à dire : anormal.

Anormal... Le même adjectif qui six mois auparavant a déclenché le nom de Claire Henett dans la tête de Jacky, déclenche aujourd'hui dans la tête de Mary Christmas celui de...

— Monica Halloween !

— La sorcière américaine ?

— Evidemment ! Il n'y a pas trente-six Monica Halloween ! Mon ennemie jurée !

— Excuse-moi : je suis un peu troublée.

Mary, elle, ne l'est pas du tout. Au contraire : hyperlucide. Ce qui est en cette circonstance beaucoup plus fiable qu'extralucide. Elle appelle sur son portable bleu Agatha Christie, très haut placée dans le service des renseignements célestes, et lui demande d'enquêter en amont sur le « cas Rigolo ». Agatha ne fera que confirmer plus tard l'hypothèse que vient d'échafauder Mary en un éclair et qu'elle expose maintenant à sa mère :

— Tout part de Sonia Dramoff.

— Ah ! s'écrie Claire Henett triomphante, les serpents ne m'ont pas trompée : cette intello est une vipère.

— Et de la pire espèce, renchérit Mary.

— La vipère amoureuse !

Mère et fille, d'accord sur ce point, le sont sur le reste ci-dessous résumé :

Sonia, recordwoman du dépit amoureux, n'a pas réussi en huit ans à digérer sa rupture avec Rigolo, ni la cause essentielle de cette rupture : l'incommensurable légèreté d'être de son chéri. Alors comme dans un vulgaire mélo, elle décide pour se venger de briser sa carrière.

Pas novatrice pour deux sous, elle commence par répandre les bruits les plus préjudiciables à un homme de spectacle. A savoir que, devenu alcoolique et drogué, il a des trous de mémoire en scène, il arrive en retard partout, il se bagarre avec des admirateurs trop pressants et même avec des journalistes, il a la tête enflée comme pas permis. Bref, il est devenu invivable. Donc i-nen-ga-geable.

Les gens de métier dans l'ensemble sont sceptiques mais il se trouve toujours quelques bonnes âmes pour rappeler, l'air entendu, qu'il n'y a pas de fumée sans feu.

Quand même, au bout d'un moment, faute de vérité pour les alimenter, ces rumeurs anti-Rigolo s'éteignent. Mais pas la rancœur de sa vipère. Elle poursuit son objectif de démolition en s'acoquinant avec deux critiques classés dans la catégorie des intellos purs et durs. Poussés par elle, ils ne manquent pas une occasion d'injecter avec leur plume leur venin dans la veine… comique de Rigolo. Mais ils forcent la dose, ratent leur cible, deviennent celle de l'amuseur. Le public s'esclaffe. Les critiques se réfugient dans le dédain, jettent l'encre de la polémique et regagnent tête la première le cercle de craie caucasien.

Sonia Dramoff s'entête dans son projet de vengeance : en vain. Elle guette chez le public le plus petit signe de lassitude : en vain. Elle espère toujours que Rigolo va dire dans une de ses interviews comme n'importe quel comédien « normal » qu'il a envie « de se mettre en danger en essayant de faire pleurer les gens au lieu de les faire rire », ou pour le moins qu'il va se lancer dans une relecture sombre d'un vaudeville : en vain. Cet abruti déclare partout que « loin d'avoir comme beaucoup le culte de l'ennui, il a celui du rire, beaucoup plus difficile à célébrer selon lui ». Il a même eu l'impudence de confier à l'un de ces questionneurs acquis d'avance : « Autrefois – oui, autrefois ! – j'ai quitté une “nana-grosse-tronche” parce qu’elle me reprochait de ne pas avoir l’esprit de sérieux. Ce qui m’a donné l’idée d’une sitcom où s’opposeraient le clan des “coincés de la glotte” et celui des “fendus de la pêche”. Idée que je compte bientôt réaliser. » Sonia Dramoff enrage. Invoque les mânes de Sartre, de Brecht, de Beckett et autres dieux de « son » théâtre. Et miracle ! L’un d’eux l’entend : on ne saura jamais lequel. Il alerte entre deux non-dits Monica Halloween, allergique par nature à la gaieté sous toutes ses formes et la charge d’éradiquer la « vis comica » d’un dénommé Rigolo. Rien que ce nom donne des boutons à la sorcière qui à peine arrivée sur terre va se gratter… sur la scène de l’Olympia.

— C’est ainsi, selon moi, conclut Mary Christmas, que le soir de sa première, notre cher « fendu de la pêche » est devenu subitement un « coincé de la glotte ».

— Le pauvre ! soupire Claire Henett.

— Tu devrais dire « les pauvres » : tous ceux que Rigolo distrayait, dont un instant il allégeait l’existence et qui maintenant le regrettent.

— Tu as raison.

— Pauvre de toi aussi, que Monica a empêchée de l’aider.

— Quoi ! C’est elle qui a brouillé mon écran ?

— Bien sûr !

— Ah la garce ! Règle-lui son compte en vitesse ! Et à cette vipère de Dramoff par la même occasion !

— Ce n’est pas si facile que tu le crois. Je t’ai déjà dit qu’en principe, déontologiquement, ni elle ni moi n'avons le droit de défaire ce que nous avons fait.

— Oui, d'accord, « en principe », mais pratiquement ?

Avec un sourire divin, Mary Christmas consent à reconnaître que…

— Comme partout… il y a des arrangements avec le ciel…

— Autrement dit, avec Monica Halloween ?

— Oui. Mais encore faut-il que je trouve un moyen de pression pour qu'elle accepte de négocier.

— Demandons aux tarots !

— Inutile ! J'ai déjà trouvé !

— Ah ! Ma grande ! s'écrie l'évanescente Claire Henett, tu es vraiment une fée !

Le soir même, sur la scène quasiment nue d'un théâtre de la culture, situé off-Avignon, Sonia Dramoff, pas très habillée non plus, joue une adaptation, elle, très culottée, de la *Critique de la raison pure* de Kant, intitulée *La Première Gorgée de métaphysique et autres petits déplaisirs…*, sans l'accord de Philippe Delerm, signalons-le. Il était prévu que Sonia entre sur le plateau, le front lourd de pensées, le traverse à pas lents, « alourdie par le doute », lui avait spécifié le scénographe pendant les répétitions, s'assoie en lotus sur le sol et après un silence forcément pesant affirme : « Je ne crois pas en la croyance. J'ai foi en la non-foi. » Or, à l'ahurissement de ses partenaires et du public pareillement recueillis, elle entre au pas de charge, s'arrête net au milieu de la scène, relève ses longs cheveux dégoulinants en un chignon désordonné et, avec un accent qui sent bon la moules-frites, elle tonitrue devant l'auditoire :

— Il était une fois... un Belge une fois... qui s'appelait Honoré Defoy...

C'est d'abord comme dans un film de science-fiction après l'explosion de l'arme suprême : l'immobilité et le silence du néant. Puis, au bout de quelques minutes, on entend les premiers chuchotements en coulisse et dans la salle. Seule Sonia Dramoff reste muette et figée sur place, statue du désespoir stupéfiée. Puis le ton monte. Côté scène, les voix réunies des personnels – technique et artistique – supplient la malheureuse Sonia d'enchaîner ou de quitter les lieux. Côté public, on évoque la « crise de démence » ou un « début d'Alzheimer précoce ». Sonia essaye de se reprendre et de présenter ses excuses. Elle se concentre. Respire façon yoga et lance :

— Alors les coincés de la glotte, on se fend la pêche ?

Ce sont ses derniers mots. Sur scène en tout cas. Le médecin de service intervient. La fait transporter dans sa loge. L'examine. L'interroge. Ne lui découvre aucune anormalité... si ce n'est une propension à rigoler de tout.

— Et vous trouvez ça normal, vous ? demande, réprobateur, le scénographe – Andréas – qui partage maintenant les idées et les insomnies de Sonia.

— Disons... pas alarmant, répond le médecin provençal qui prescrit plus volontiers à ses clients déprimés des cassettes de Rigolo que des cachets de Prozac.

Là-haut, une des « taupes » de Mary Christmas court informer Monica Halloween des malheurs qui viennent de frapper sa protégée off-Avignon.

Monica, qui a tous les défauts du ciel et de la terre mais qui n'est pas bête, devine immédiatement le rôle de Mary Christmas dans cette affaire et l'objectif que celle-ci s'est donné en plaçant Sonia dans une situation identique à celle de Rigolo.

— Quel objectif ? demande la taupe, toujours à l'affût d'un renseignement.

— Établir une égalité de force entre elle et moi avec l'espoir d'un compromis à l'amiable.

— Bien vu !

Cette appréciation ne vient pas de la taupe, mais de Mary Christmas elle-même, qui, euphorisée par la métamorphose de la vipère, débarque chez son ennemie héréditaire sans coup férir et avec un moral de vainqueur.

Monica est déstabilisée par cette entrée intempestive, comme le prouve cette réaction, indigne d'une femme intelligente :

— Tu pourrais frapper avant d'entrer.

— Ah ! je t'en prie ! N'essaye pas de perdre du temps : nous ne sommes pas dans un feuilleton télévisé.

Piquée au vif, Monica fonce dans la discussion :

— OK ! J'ai privé Rigolo de sa « vis comica », et toi tu l'as refilée à Sonia. Match nul. Tu voudrais que je m'en contente, qu'on efface tout et qu'on reparte dos à dos. C'est ça ?

— Oui. C'est ça. Tu es d'accord ?

— Non ! Pas question ! Je veux continuer le combat jusqu'au bout. Contre toi et contre ton Rigolo.

— Alors, tant pis pour toi et pour ta Sonia Dramoff. Je vais la ridiculiser et le drapeau blanc flottera sur ton nuage noir.

— Sûrement pas ! Je serai plus rapide et plus efficace. Ton Rigolo grâce à moi va être tellement emmerdantissimo que ta baguette magique tu n'auras plus qu'à la jeter au diable !

Certes, les propos de Monica Halloween sont enflés par la colère, mais à l'usage ils révèlent un fond de vérité.

D'abord, il est exact qu'elle est la première à attaquer.

Exact aussi que cette attaque est très spectaculaire. Elle a lieu pour l'inauguration d'un très vaste espace culturel, construit comme beaucoup au milieu d'une zone rurale, dans le but de cultiver les esprits quelque peu superficiels de la France profonde. La salle est pleine. Les curieux y sont venus en masse pour découvrir à la fois le nouveau lieu et le nouveau Golo qu'on leur annonce depuis un mois à son de trompe. Les notables y plastronnent. Les électeurs y comptent leurs impôts locaux.

Mary s'y cache dans un coin. Inutilement, car on n'y voit rien. Comme sur la scène d'ailleurs, éclairée – si l'on peut dire – d'un côté par une bougie, de l'autre par une lampe Pigeon. C'est à peine si Mary distingue une silhouette dans le fond de la scène. La silhouette s'avance. Met cinq bonnes minutes avant de parvenir jusqu'à la rampe et trois autres avant de parler. Ciel ! C'est Rigolo. Mary le reconnaît à sa voix. Uniquement à sa voix. Son débit est haché et sa diction confuse. Impossible de saisir un mot de ce qu'il dit. Elle ne comprend pourquoi qu'à la fin du spectacle – trois heures et cent quatre-vingts bâillements plus tard – en lisant dans le programme qu'il s'agissait d'un nô japonais, adapté par un auteur tchèque, scénographié par un Chilien avec un accompagnement musical d'un Africain et une « gestuelle chorégraphique » d'un Australien. Seule la subvention était française. Il était écrit également que le spectacle devait être considéré comme le premier essai d'un théâtre mondialiste. L'essai n'avait pas été transformé par les indigènes de la France profonde, partis par paquets de douze au cours de la représentation. Seuls le maire et les membres du conseil municipal étaient restés jusqu'à la fin. En tout une vingtaine de personnes dans une salle qui pouvait en contenir mille huit cents ! Vision d'horreur pour un comédien, quel qu'il soit. Leurs maigres applaudissements achevèrent de briser le cœur de l'ancien comique déjà bien fendillé par les départs successifs des spectateurs, et par leurs reproches résumés dans cette formule : « Assassin ! Tu as tué Rigolo ! »

Mary Christmas est presque aussi atteinte que lui. Néanmoins, contrairement à la prédiction de Monica, elle n'a aucune envie de renoncer à sa baguette magique. Diable non ! Elle brûle de s'en servir pour peaufiner son plan anti-Sonia qui doit être exécuté le lendemain même et contrebalancer le plan anti-Rigolo conçu et réalisé ce soir par Monica.

Au vu du résultat, il est évident que la baguette de Mary en a mis un méchant coup. Tout juste vingt-quatre heures après le nouveau Rigolo, la nouvelle Sonia Dramoff entre en scène, celle d'un théâtre de boulevard, réputé pour être le temple, non pas du rire, encore moins de l'humour, mais celui de la grosse rigolade, de la marrade à se taper sur les cuisses, de la poilade à se poiler. Le genre à interdire d'accès aux plus de quinze ans d'âge mental et aux lecteurs de *Télérama*. Sonia déboule devant le public en mini-minijupe fuchsia, les joues et le nez rehaussés d'un maquillage rose vif, les cheveux verts et hérissés et... tenant dans chaque main un bocal de haricots blancs !

Certains d'entre vous craignent peut-être déjà le pire. Eh bien, ils ont raison : le pire a lieu. Sonia Dramoff, télécommandée par Mary Christmas, se lance dans un numéro de pétomane ! Semblable à celui qui fit fureur au début du XXe siècle et qui d'ailleurs réjouit tout autant les spectateurs du début du XXIe. Sonia elle aussi a l'air d'y prendre un grand plaisir intérieur – *in petto* si je peux me permettre ! Elle ne ménage pas ses efforts, qu'ils soient exprimés en solo, ou en duo avec différents instruments à vent. Après chacune de ses prestations, elle puise dans un de ses deux bocaux une poignée de haricots qu'elle mange, tout en expliquant au public que ce sont ses instruments de travail. Car en plus elle parle ! – ce qui lui permet d'obtenir quelques effets du plus mauvais goût, d'abord en envoyant une pluie de postillons sur les spectateurs des premiers rangs, ensuite en descendant dans la salle avec un plumeau afin d'épousseter les postillons, de préférence ceux qui ont prétendument échoué sur le pantalon des messieurs. Je vous épargne les plaisanteries graveleuses qui découlent de cette situation. Même Mary Christmas, qui pourtant les a imaginées pour la bonne cause, en est gênée. Elle espère au moins que Monica Halloween, là-haut, a du mal à les supporter et qu'à la fin du spectacle elle va se résigner à négocier.

Mary le saura bientôt : plus qu'un numéro, le clou de la soirée.

Sonia remonte sur la scène, annonce que pour finir en apothéose « elle va travailler sans filet ». Autrement dit sans dessous. Et… avec *La Marseillaise* en accompagnement musical. La bande enregistrée démarre en coulisse. Sonia Dramoff se concentre, se retourne, soulève sa jupette, commence à baisser sa petite culotte… « Allons enfants de la patrie »… la petite culotte glisse sur ses hanches… « le jour de gloire… ».

Il n'arrivera jamais ! Panne générale d'électricité. Magnéto et lumière rendent l'âme en même temps. Une voix s'élève aussitôt pour rassurer les spectateurs et les prier d'évacuer le théâtre dans le calme. Une voix solennelle, sépulcrale et si impérative qu'elle est immédiatement obéie. Celle de Monica Halloween, bien sûr. Mary l'a reconnue au premier mot et n'est pas étonnée de retrouver la sorcière assise à côté d'elle, au « paradis », je veux parler du dernier balcon de la salle.

— Bien joué ! reconnaît sportivement la sorcière. Egalité. Tu as conduit mon intello à l'extrême de la trivialité, comme moi ton comique à l'extrême de l'intellectualisme. On ne peut pas aller plus loin.

— Si ! On peut toujours, mais… je pense qu'il y a mieux et plus urgent à faire.

— Quoi, par exemple ?

Mary confie son idée à Monica.

Monica la développe.

Mary l'enjolive.

Monica la raffermit.

Et c'est ainsi qu'un an plus tard, sur une grande chaîne de télévision, sort le premier épisode d'un feuilleton miraculeusement consensuel : « Les coincés de la glotte et les fendus de la pêche ». Les deux clans y ont alternativement le beau rôle et le dernier mot. Sonia est la tête pensante – sympathique – du premier. Rigolo est le meneur – irrésistible – du second.

Bien sûr, dans cet épisode de lancement, les deux antagonistes se montrent très agressifs l'un envers l'autre, chacun avec son style. Mais quand même, on sent déjà à certains détails, à certains clins d'œil qu'ils ne se détestent pas et que dans le fond ils s'estiment. On peut espérer que semaine après semaine, ils vont devenir plus tolérants et pourquoi pas plus tendres ?

Claire Henett, elle, en est persuadée. Elle a vu Rigolo et Sonia dans sa boule de cristal. Ils se mariaient en grande pompe dans la cathédrale de Westminster. Lui en gris sobre. Elle en blanc, à peine cassé. Derrière eux, elle voyait aussi deux demoiselles d'honneur. L'une tenait la longue traîne de Sonia Dramoff. L'autre, les deux pans de la jaquette de Rigolo. Claire Henett est formelle : les deux demoiselles d'honneur ressemblaient diablement à Monica Halloween et Mary Christmas.

Vraiment, quelquefois, elle perd la boule, la voyante !

LE COMPLEXÉ SOCIAL

Il était une fois un ver de terre amoureux d'une étoile élégamment filante…

En termes plus prosaïques, il s'agissait d'un jeune footeux qui en pinçait pour l'héritière d'un comte authentique… et de plusieurs comptes à découvert… non moins authentiques : Fabienne Dubois-Dormant.

D'une beauté qui attirait plus le respect que la main aux fesses, elle aidait son père – veuf depuis gaie lurette – à recevoir les visiteurs dans la propriété familiale, transformée en relais-château pour cause de trous dans les finances et dans la toiture.

Pour son malheur, le footeux y avait été invité – avec ses dix coéquipiers – un jour de victoire, par l'un des industriels régionaux qui sponsorisaient le club. Il avait été subjugué par la grâce distanciée de Fabienne, son côté « 1789, connais pas ! ». Il l'avait tout de suite rangée dans le fichier de son cœur sous l'étiquette « inaccessible étoile » et paradoxalement dans la même seconde s'était juré qu'il y accéderait.

Modeste d'origine et orgueilleux du muscle, il avait été heureux de constater depuis le Mondial la fascination de la gent féminine pour les champions du ballon rond, pensant que, s'il en devenait un, il éveillerait peut-être l'intérêt de Mlle Dubois-Dormant. Mais jusque-là, en dépit de ses efforts et de ses aptitudes réelles pour ce sport, il n'avait obtenu sur le terrain que des résultats médiocres et ne se maintenait dans l'équipe que faute de remplaçant valable.

Néanmoins, élevé par son père dans le culte de Jean-Pierre Papin, il ne désespérait pas de marcher sur les traces de son idole. D'autant qu'il en avait déjà les yeux bleus, les célèbres initiales (J.-P.P.) et même le nom… à une lettre près. Il voulait ignorer que cette lettre-là – un « é » anodin – changeait le « Papin » chargé de bons présages en « Pépin » porteur de mauvais augures. Il voulait croire qu'un jour ses shoots – de vrais boulets de canon – cesseraient de manquer leur but… à un centimètre près ; que ses lacets de chaussures cesseraient de se dénouer chaque fois qu'il démarrait pour un sprint ; que les arbitres cesseraient de ne voir que les fautes commises par lui et jamais celles commises sur lui ; que le ballon cesserait de se ramollir à l'instant précis où il tirait un penalty ; et surtout, que les coups qu'il récoltait au cours des matches cesseraient de se transformer en plaies, entorses ou tendinites qui le laissaient sur le banc de touche interminablement. Et ce, en dépit de la sollicitude et de la compétence du soigneur bénévole du club – mi-kinési, mi-rebouteux – que les joueurs reconnaissants avaient surnommé Mimi Main d'or. En ville, les mauvaises langues l'appelaient plus volontiers Mimi Chouchou sans souci de peiner son père, le docteur Lesage, urologue austère qui ressemblait à l'abbé Pierre comme deux gouttes d'eau bénite.

Mais oublions les cancans et ne retenons que l'efficacité exceptionnelle de Mimi Main d'or. Exceptionnelle ? Oui ! et pour cause ! Comme la plupart de ceux qui naissent avec le don de guérir leurs prochains, Mimi entretenait des relations privilégiées avec Mary Christmas et réclamait son assistance quand il en sentait la nécessité. Et, en l'occurrence, il la sentait, car Pépin depuis trois mois souffrait d'une foulure à la cheville, assez banale mais pourtant réfractaire à tous les fluides et onguents magiques qu'il lui dispensait.

— Ce n'est pas normal ! finit par dire Mimi Main d'or, il n'y a pas de raison pour que ce pauvre Pépinet ait ainsi la cerise sur tous ses gâteaux ! Il faut que j'en parle à Mary Christmas.

Il la trouve au bout du sans-fil de son téléphone bleu, anormalement nerveuse.

— Tu m'appelles au sujet de J.-P.P., je suppose, lui lança-t-elle sans préambule.

— Comment le sais-tu ?

— Je n'arrête pas de me bagarrer à cause de lui avec Monica.

— Quelle Monica ?

— Monica Halloween !

— Ah… la sorcière américaine ?

— Oui ! Elle s'est prise de haine pour ton petit protégé.

— Pourquoi ?

— Parce qu'il est sain dans son corps, clean dans sa tête, pur dans son cœur et que – selon sa propre expression – « il empeste l'amour », une odeur pour elle irrespirable.

— Forcément ! Elle, elle se parfume au « 5 de chez Posthume ».

— En plus, comme j'ai déjoué quelques-unes des chausse-trapes qu'elle avait prévues pour J.-P.P., elle est furieuse contre moi. Et se déchaîne contre lui.

— Ah bon ? Tu es déjà intervenue ?

— Bien sûr ! Le loubard pris de remords qui lui a rapporté sa carte bleue sans l'avoir utilisée… c'est moi ! Le cinq tonnes qui a fait une embardée pour l'éviter… c'est moi ! La foudre qui est tombée à un mètre de lui… c'est moi !

— Mais sa foulure ?

— C'est moi aussi !

— Quoi ?

— Sans moi, il aurait eu le tibia en miettes et sa carrière définitivement en cendres !

— Ah ! Je comprends tout maintenant : c'est cette sorcière qui m'empêche de le guérir.

— Evidemment !

— Et tu ne peux rien faire ?

— De ce côté-là, si ! J'ai réussi à fabriquer un antidote en pommade. Je te l'ai envoyé juste avant ton appel par Nuagissimo. Tu ne devrais pas tarder à le recevoir.

Effectivement, à peine annoncé, le colis muni de deux ailes et ficelé avec des cheveux d'ange tomba mollement dans la cheminée.

— Ça y est ! s'écria Mimi dans l'appareil, ton baume nouveau est arrivé.

— Ma panacée, tu veux dire : ça guérit tout ! Et vite !

— Formidable ! Je suis drôlement content !

— Attends avant de te réjouir : j'ai appris par mes espions qu'Halloween était en train de préparer une nouvelle offensive contre J.-P.P., mais sur un autre front.

— Lequel ?

— Je n'arrive pas à le savoir. Elle se méfie. Si par hasard tu remarquais quoi que ce soit de bizarre dans ton secteur, appelle-moi aussitôt.

— Compte sur moi, je vais avoir l'œil.

— Moi aussi, mais…

La phrase de Mary s'arrête net. Mimi Main d'or entend un cri d'effroi. Puis plus rien. Puis dans l'appareil une voix sardonique qui dit : « Il n'y a plus d'abonné au numéro que vous avez demandé. » Puis un rire terrifiant comme dans les dessins animés. Puis le claquement sec d'une bulle de chewing-gum. Enfin, le bruit particulier d'un téléphone qu'on raccroche comme on claquerait une porte au nez de quelqu'un. Ça ne pouvait être qu'Halloween.

Mimi Main d'or, conscient de son impuissance dans le combat qui opposait les dames d'en haut, concentre tous ses efforts sur son travail d'en bas. En premier lieu, il s'occupe de son pauvre Pépinet.

Il le trouve allongé sur son lit, enrobé, alourdi, démusclé de partout, y compris du mental. Seul son cœur est en activité, produisant sans arrêt le même rêve à la chaîne : son mariage avec Fabienne Dubois-Dormant dans la petite église de Badin-Badin, sa ville natale, jumelée à Baden-Baden.

Mimi Main d'or, agacé de le voir dans cet état, n'y va pas avec le dos de la cuillère. C'est carrément à la louche qu'il étend la mixture de Mary non seulement sur le pied endolori mais sur tout le corps de Pépin. L'effet est foudroyant. Dans un temps record, la cheville désenfle, les muscles se gonflent et la peau se tend. Franchement, à côté de ce produit-là, l'EPO et les épinards de Mathurin Popeye vous prennent des allures de tisanes des quatre fleurs !

Mimi n'a même pas besoin de dire à son Pépinet : « Lève-toi et marche ! » De lui-même, le footballeur jaillit de son lit, s'empare de la corde à sauter avec laquelle naguère il s'entraînait, se met à bondir et à rebondir sur le sol comme une balle de tennis. Après quoi, nullement essoufflé, il jongle avec des haltères de trois kilos comme s'il s'agissait de hochets en Celluloïd. Il n'en croit ni ses biceps, ni ses jambiers, ni ses abdominaux. Même averti, Mimi, lui, n'en croit pas ses yeux. Néanmoins il ne perd pas de temps avec des « c'est pas vrai ! », des « ça alors ! » ou des « non, mais je rêve ! ». Pragmatique, il dit : « Il est midi. A trois heures l'arbitre de la Fédération donnera le coup d'envoi du premier match éliminatoire pour la Coupe de France entre notre équipe et celle de Croslong-Crinière. Il faut absolument que tu y participes. Au besoin je ferai un croc-en-jambe à celui qui te remplace depuis deux mois, Legrand-Benêt (c'était son nom !). Il tombe toujours quand il ne faut pas. Là, au moins, il tombera utile ! »

Mais il n'est pas nécessaire à Mimi d'avoir recours à ce procédé un tantinet déloyal. En effet, comme par hasard, Legrand-Benêt est tombé sur un os en allant courtiser la fille du boucher : il a le genou gros comme sa tête qui, disons-le sans méchanceté, est d'une dimension abusive par rapport à son contenu. Bref, pas question que Legrand-Benêt dispute ce match capital. L'entraîneur s'arrache les cinq cheveux qui lui restaient quand se plante devant lui une espèce de Rambo 10 (le numéro fétiche des avant-centres) dans lequel il a du mal à reconnaître J.-P.P. Il l'accueille comme un pis-aller providentiel. A la fin du match il le traite comme un sauveur.

Il faut dire que ce jour-là la chance, déjà complaisante envers Pépin en rendant Legrand-Benêt indisponible, le gratifie de ses faveurs à chaque instant du match. Ses shoots ont par quatre fois frôlé le ras des poteaux, mais à l'intérieur et dans l'angle supérieur. Quel pot ! Toutes ses passes sont arrivées au millimètre près dans les pieds de ses partenaires. Quelle technique ! Il a eu des pointes de vitesse comparables à celles d'un vent de force 6. Quel souffle !

Pendant quatre-vingt-dix minutes, Pépin a été le dieu du stade.

A la quatre-vingt-onzième minute, ses coéquipiers, les dix Pinsons de Badin-Badin, conscients de lui devoir leur incroyable victoire sur les Lionceaux de Croslong-Crinière, le portent en triomphe sur leurs épaules.

A la quatre-vingt-douzième minute, un reporter de la radio locale brandit devant lui le micro de la gloire.

A la quatre-vingt-quinzième minute, le maire de

la petite ville qui n'est autre que le comte Dubois-Dormant, le remercie au nom de tous ses concitoyens, les Badinois… et non les Badineurs, comme certains le disent par malignité.

A la quatre-vingt-dix-huitième minute, Pépin croit défaillir quand le maire, son compliment terminé, passe le relais des congratulations à sa fille, l'« inaccessible étoile ».

A la quatre-vingt-dix-neuvième minute, Pépin croit rêver quand la distante Fabienne Dubois-Dormant le gratifie d'un « marquage au maillot » et d'un baiser au coin des lèvres qui peut s'assimiler à un corner rentrant.

A la centième minute, Pépin croit carrément crever quand elle lui glisse dans la main un gros pin's – un ballon rose ! – en lui affirmant qu'il lui portera bonheur. Suit une série de regards tirés de part et d'autre à bout portant qui montrent sans contestation possible que l'amour l'emporte sur les convenances, par un score écrasant.

Malheureusement, le lendemain, Fabienne part pour Paris seconder dans son magasin une grand-tante antiquaire – authentique d'époque 1920 – aux pieds nouvellement rénovés.

Contrariété pour J.-P.P., mais légère car l'absence de celle qu'il appelle déjà sa promise ne doit pas excéder une semaine. En principe… En réalité, un mois passe, puis deux, puis trois et personne n'a de nouvelles de Fabienne. Elle n'est jamais arrivée chez sa grand-tante. Les gendarmes, les policiers, les radiesthésistes, alertés successivement par son père, concluent tous à l'une de ces disparitions à jamais inexplicables et inexpliquées.

Plus étonnant, Mary Christmas, elle-même alertée par Mimi Main d'or, n'a pas réussi jusqu'à présent à localiser la disparue. Ni en haut ni en bas. Pourtant, elle est particulièrement en forme depuis qu'agressée par Monica Halloween – on s'en souvient peut-être – elle a été sauvée par son géniteur le Père Noël qui a chassé la sorcière à grands coups de hotte dans les fesses. Infatigable, elle investigue partout avec ses jumelles de sept lieues, mais avoue que, comme sœur Anne, elle ne voit rien venir, sinon… le match espéré qui va opposer en quart de finale de la Coupe de France le FACBB (Football Athlétique Club de Badin-Badin) à l'« En-avant Guingamp ».

Mais ça… tout le monde le voit.

Tout le monde l'attend.

Tous les cœurs badinois battent à l'unisson, sauf celui de J.-P.P., ralenti de moitié par l'angoisse de ne plus revoir sa bien-aimée. Par chance, sa moitié restante lui suffit à assurer la victoire de son équipe sur celle des Bretons que les supporters, manquant de fair-play, appelèrent l'« En-arrière Guingamp ».

Grisés, ils voient déjà leurs Pinsons en finale au parc des Princes. Les plus pessimistes envisageant qu'ils perdraient après prolongation aux tirs au but. Les plus optimistes que Pépin, leur valeureux capitaine, recevrait la coupe tant convoitée des mains du président de la République.

Pas de suspense inutile : on n'est pas dans un thriller ! Les optimistes ont eu raison de l'être. Le comte Dubois-Dormant, finalement plus maire que père, prouve qu'il n'est pas né de la dernière urne en exploitant à fond la victoire des Pinsons. Il loue le bus à impériale avec lequel les « Bleus », champions du monde ont descendu les Champs-Elysées en délire le 13 juillet 1998. Il y fait monter ses onze Pinsons et les rapatrie à Badin-Badin où les attend une fête grandiose qui se prolonge fort tard dans la nuit.

Rentré chez lui à l'aube naissante, Mimi Main d'or prend connaissance de deux messages laissés sur son répondeur pendant son absence.

Le premier est de l'entraîneur du FACBB. Celui-ci a reçu une proposition mirobolante pour le transfert de Pépin au Juventer, une des plus célèbres équipes italiennes. Suivent le chiffre astronomique offert à l'avant-centre badinois et cette recommandation : « Apprends-lui la nouvelle avec ménagement… sinon, il risque d'avoir les jambes coupées ! »

Le second message est de Mary Christmas : « Appelle-moi de toute urgence, j'ai retrouvé la trace de Mlle Dubois-Dormant. Halloween a frappé fort. Attends-toi au pire ! »

Consciencieusement, Mimi s'efforce d'imaginer le pire du pire, mais ne va quand même pas jusqu'à imaginer ce pire-là, le vrai : Fabienne s'appelle désormais Fabien ! Oui, la comtesse est devenue un comte. Un homme à part entière et en parfait état de marche.

Ce changement s'est produit le jour même où elle a quitté son château badinois pour rejoindre sa grand-tante parisienne. Sur la route, au bout d'une centaine de kilomètres, elle a été prise de somnolence. Prudemment, elle s'est arrêtée sur une aire de repos et endormie sur la banquette arrière. Quelques heures plus tard elle s'est réveillée non pas fraîche et dispose comme elle le croyait, mais frais et dispos, comme elle le constata d'abord en soulageant un besoin naturel, ensuite au regard de sa carte d'identité où son nom et son sexe avaient été virilisés.

Pour le reste elle est la même : fidèle à sa nature profonde elle demeure hétérosexuelle, donc elle est maintenant attirée par les femmes. Fidèle à ses sentiments, elle continue à aimer J.-P.P.

Situation complexe en vérité. Pour y réfléchir, sans soucis matériels, elle monte jusqu'à Paris et se place dans les beaux quartiers, comme employé de maison, logé et nourri.

Après avoir été successivement chauffeur chez une collectionneuse de culbuteurs, puis jardinier chez un barbon obsédé par les greffes de bourgeons sur les vieilles tiges, Fabien a été engagé comme valet de chambre… chez Claire Henett, la mère de Mary Christmas ! C'est évidemment là que Mary le repère. Bien que, sur son nuage, Mary est atterrée. D'où son message affolé sur le répondeur de Mimi Main d'or. Ce dernier, quand il rappelle la fée, se montre sur le moment moins paniqué :

— Ce n'est pas très grave : maintenant que tu l'as localisé tu n'as plus qu'à changer Fabien en Fabienne.

— Mais bougre d'andouille de Terrien, tonne Mary Christmas, je ne peux pas ! Nous, là-haut, on travaille dans le définitif. Ce qu'a fait Halloween, je ne peux pas le défaire.

Cette fois, Mimi Main d'or comprend l'ampleur des dégâts.

— Mon pauvre Pépinet ! soupire-t-il. Il ne va pas s'en relever.

— Non… à moins que…

— Que quoi ?

— A moins qu'il ait une certaine prédisposition à l'homosexualité…

— Alors là, je t'arrête tout de suite. Aucun espoir de ce côté-là : j'ai déjà tâté le terrain. Moins pédé que lui tu meurs !

— Dommage !

— Personne n'est parfait !

— Dans ces conditions… je ne vois qu'une seule solution…

— Laquelle ?

Par pure espièglerie, Mary Christmas coupe la communication et débranche sa ligne.

Mimi Main d'or, miné par la curiosité, désespérait d'avoir un jour une réponse à sa question quand son Pépinet la lui apporte lui-même à son retour d'Italie où il vient de signer avec son nouveau club, le Juventer. Il porte un costume beige clair avec un T-shirt bleu ciel et un chapeau de paille. Cette tenue, ajoutée à un teint hâlé et des cheveux décolorés par le soleil, lui donne un « look » très inhabituel.

— C'est fou ce que tu as changé en une semaine ! lui dit Mimi.

— Et encore ! Tu n'as pas tout vu !

En un tournemain, Pépin se dévêt devant son copain aussi peu gêné que dans les vestiaires du FACBB.

Mimi Main d'or doit s'asseoir et comprimer de toutes ses forces son cœur prêt à exploser : il a devant lui une femme ! Il n'en a pas vu beaucoup mais quand même… assez pour être sûr qu'il est bel et bien en présence de l'une d'elles, avec tout ce qu'il faut pour ne pas la confondre avec un homme et en plus une musculature harmonieuse de décathlonienne.

Mimi est stupéfait bien sûr par la vision d'ensemble, mais davantage encore par le sourire ravi de son pauvre Pépinet devenu indiscutablement sa radieuse Pépinette et ne peut s'empêcher de lui demander :

— Tu es content de ce changement de sexe ?

— Evidemment ! Puisque Fabienne en a changé aussi.

— Ah… tu es au courant ?

— Encore heureux !

— Mais comment ?

— Figure-toi que, par le plus grand des hasards, elle a débarqué dans la chambre de mon hôtel italien, en homme… un quart d'heure après que je m'y étais réveillé, moi, en femme.

— Ça t'est arrivé de quelle façon ?

— Brusquement, pendant que je dormais. Sans intervention chirurgicale.

— Par l'opération… du Saint-Esprit en quelque sorte.

— Exactement ! Extraordinaire, non ?

— Extra-ordinaire… c'est le vrai mot !

Après cela, la suite risque de paraître banale. Encore que…

Le Juventer, loin de rompre son contrat avec Pépin, se vante d'être la seule équipe au monde à compter un transsexuel dans ses rangs et organise un référendum parmi ses supporters pour savoir s'ils préfèrent dire, s'agissant de la nouvelle recrue du Club, un ou une avant-centre. Le féminin triomphe. Jean-Pierre est rebaptisé Marie-Pierre et considéré comme « la » meilleure butteuse du Calcio.

M.-P.P. garde les mêmes sentiments que J.-P.P. et tout naturellement fond de bonheur quand Fabien lui demande sa main.

Les deux jeunes gens se marient pendant la trêve des footballeurs. En décembre. Le 24 exactement.

Le Tout-Badin-Badin retient son souffle à l'instant où les fiancés échangèrent leur consentement :

— Mademoiselle Marie-Pierre Pépin, acceptez-vous de prendre pour époux le comte Fabien Dubois-Dormant ?

— Oui !

— Monsieur le comte Fabien Dubois-Dormant, acceptez-vous de prendre pour épouse Mlle Marie-Pierre Pépin ?

— Oui !

Ouf ! pense la jeune épousée en serrant dans ses bras de toute la force de son rêve son « inaccessible étoile ».

Quand les nouveaux mariés sortent de l'église, en lieu et place des grains de riz traditionnels, ils reçoivent une pluie de ballons roses, lâchés du haut d'un nuage bleu : Mary Christmas a rétabli sa ligne.

LA GLOIRE KLEENEX

Il était une fois une authentique bergère réduite à l'état de fourmi parcimonieuse, qui fantasmait sur les cigales des villes.

Par chance – ou du moins ce qu'elle considéra comme tel – elle séduisit un vrai prince d'Orient, tombé du ciel sur ses moutons… via l'avion privé qui lui appartenait. Il l'enleva à bord de l'hélicoptère de dépannage qui le suivait toujours. Elle atterrit dans un harem et y occupa la place de septième épouse. Pas très longtemps. Au bout d'à peine plus de trois mois, elle fut répudiée pour avoir voulu imposer la loi – non des trente-cinq heures – mais des trente-cinq minutes par semaine.

Elle raconta son aventure dans un livre intitulé modestement *Mes cent et une nuits*. Propulsé sur le marché et dans les médias par un éditeur spécialisé dans le récit vécu et hors normes, il obtint un fort joli succès sur les plages et dans les cures de thalasso. L'éditeur – que nous désignerons pour éviter tout risque de procès sous le pseudonyme d'Eddy Teur – et la bergère, rebaptisée Edelweiss Pipeau, s'en réjouirent beaucoup. Surtout elle, qui ne connaissait pas comme lui les attraits de l'argent. Elle n'en connaissait pas non plus les pièges. Pendant qu'il l'engrangeait dans diverses tirelires, elle le jetait, elle, par les fenêtres. Pas un instant elle n'imagina que la source de ses revenus pouvait se tarir, et quand elle fut tarie, pas un instant elle ne douta d'en dénicher une autre du même ordre sans la moindre difficulté.

Elle déchanta très vite. S'entêta. S'endetta. Enfin, affolée à la pensée d'être obligée d'en revenir à ses moutons, Edelweiss court jusqu'au bureau de cette fourmi d'Eddy Teur pour lui confier son désarroi de cigale.

Eddy vient de publier l'histoire d'une veuve devenue anthropophage par amour. Elle a eu en effet l'idée de manger son mari pour ne pas s'en séparer. En vérité, elle n'a que mordu dans le haut de la jambe du défunt – policier de son vivant. Ce qui a permis aux pétitionnaires de service de réclamer son acquittement, alléguant qu'on ne peut condamner quelqu'un pour simple grignotage d'une cuisse de poulet. Le livre intitulé *Une passion dévorante,* se vendant déjà comme des pizzas livrables à domicile le dimanche soir, l'éditeur est de très bonne humeur quand il reçoit Edelweiss.

— Ravi de te revoir, jolie bergère ! Quel bon vent te ramène ici ?

— La bise !

Il fait semblant de se méprendre sur le sens du mot et se lève pour l'embrasser. Elle l'arrête par cette précision :

— Une bise glaciale !

Il se rassoit sans grande déception, compatit à ses déboires... qui la rendent vulnérable et se déclare prêt à lui consentir une avance substantielle sur les droits d'un prochain livre… à condition que dans le sujet de celui-ci il renifle avec son flair habituel les fragrances du best-seller.

Edelweiss, qui a prévu cette éventualité, lui propose la confession de son glissement pathétique des palaces aux squats, du foisonnement d'amis à l'isolement, du tapage au silence, de la lumière à l'ombre.

— Et de l'air pur à l'héro ? demande Eddy Teur.

— Quoi ?

— Tu n'es pas tombée dans la drogue ?

— Ah non !

— Dommage ! La déchéance par toxico, ça marche encore pas mal… surtout si on frôle l'overdose !

Edelweiss affiche une mine si dégoûtée que l'éditeur préféra bifurquer sur une piste voisine :

— Et l'alcoolisme ?

— Ça, pas de danger ! Un verre de vin et je suis HS.

— C'est bête, parce que la femme qui picole, c'est en train de devenir vachement tendance.

— Pas pour moi !

— Tu as tort : c'est un filon pour le moment sous-exploité.

— Désolée, mais je ne vais quand même pas m'esquinter la santé pour un best-seller.

— Deux !

— Comment ça, « deux » ?

— Premier volet, la plongée dans le tonneau : l'enfer façon Zola. Deuxième volet, la sortie du tonneau : la rédemption façon Dostoïevski.

Edelweiss ne peut s'empêcher d'admirer le bouillonnement inventif d'Eddy. Les idées lui sortent de la tête comme des boutons d'acné… un peu purulents. Encore à présent :

— Pendant ta période rose, tu n'aurais pas connu le Président par hasard ?

— Quel président ?

— Pauvre cloche ! Y en a pas trente-six qui mobilisent les médias et les lecteurs.

— Clinton ? interroge Edelweiss timidement.

— Ça, bien sûr, ce serait le rêve, mais je te vois mal en train de filer la quenouille avec le beau Bill.

— Avec qui alors ?

Plus par jeu que par discrétion, l'éditeur se met à imiter avec un réel talent les canines de loup et le papillotement de biche du président auquel il pense. Edelweiss l'identifie facilement. Elle s'étonne :

— Il fait encore vendre ?

— Moins qu'avant ! Mais il garde quand même une bonne valeur marchande. S'il t'avait sautée, tu aurais pu espérer entre dix mille et quinze mille exemplaires.

— Pas plus ?

— Pour une fois, non.

— Alors, ça n'aurait pas valu le coup !

— Pour deux fois, on aurait peut-être atteint les vingt mille !

— De toute façon… c'est trop tard.

— De toute façon… il vaudrait mieux dégoter un président en exercice.

— Notez que… j'en connais bien un…

— Lequel ?
— Celui du Jacquet Club.
— Du Jockey Club tu veux dire ?
— Non, du Jacquet. C'est un jeu qu'on pratiquait beaucoup dans mon village et mon oncle Emile avait fondé...

Eddy Teur commence à s'énerver contre cette bergère si peu coopérative. Et c'est avec une certaine agressivité qu'il lui donne une nouvelle chance :

— Et un ministre ?
— Quoi un ministre ?
— Tu n'as pas couché avec un ministre ?
— Ah non !
— Et un député ?
— Non plus !

Eddy Teur soupire. Il continue de descendre l'échelle de la hiérarchie sociale, parallèle à ses yeux à l'échelle des ventes. Il le fait sans conviction :

— Bien entendu, tu ne t'es même pas tapé un homme d'affaires ?
— Si, justement !

L'éditeur reprend espoir. Edelweiss lui cite le nom. Il ricane et récuse l'homme... pour honnêteté !

— Je voulais parler d'un magouilleur. Tu sais bien que l'honnêteté ne se vend pas.
— Non, je ne sais pas.

Eddy Teur hoche la tête et ne poursuit que par acquit de conscience son interrogatoire :

— Un mafioso ?
— Un quoi ?

Il lève les yeux au ciel et passe au suivant :

— Un gangster de haute volée ?

— Ni de haute, ni de basse.

Eddy Teur est sur le point de capituler quand sous le coup d'une inspiration subite il part dans la direction opposée :

— Dis donc, bergère, tu ne serais pas un peu goudou sur les bords ?

— Ni un peu. Ni beaucoup. Ni sur les bords. Ni au milieu.

— Bon ! Bon ! Ça va… Mais tu pourrais peut-être le devenir ?

— Pour quoi faire ?

— Un best-seller, nom d'une pipe !

— Comment ça ?

— L'homosexualité, figure-toi, c'est porteur en ce moment.

— Peut-être, mais c'est vraiment pas mon truc.

Cette fois, Eddy Teur se fâche pour de bon :

— Merde, à la fin ! On lui présente sur un plateau les meilleurs carburants pour gros tirages et mademoiselle a le culot de chipoter. Mademoiselle n'aime pas ceci. Mademoiselle n'aime pas cela. Mademoiselle voudrait avoir l'or sans se donner le mal d'aller à la mine ! Et puis quoi encore ? De nos jours, le pognon, tout le monde le paye ! Parfois avec sa tête, parfois avec son cul, mais jamais sans effort, jamais sans sacrifice ! Alors, comme tu ne veux pas en faire la queue d'un… basta ! Moi, j'abandonne ! Je veux bien être gentil, mais il y a des limites : je ne suis pas un saint !

Ce dernier mot est à peine entré dans l'oreille d'Edelweiss que l'éditeur le reprend au vol et le remet en circulation d'une voix nettement adoucie :

— A propos de saint…

— Oui, quoi ?

— Depuis que tu es paumée, ça ne t'a jamais traversé l'esprit de te tourner vers la religion ?

— C'est-à-dire que… ça m'est arrivé avant de m'endormir de prier le bon Dieu pour qu'il m'aide.

— C'est tout ?

— Non, j'ai mis aussi un ou deux cierges à sainte Rita, la patronne des causes désespérées.

— Oui, d'accord, comme tout le monde ! Mais à part ça, tu n'as jamais ressenti comme une illumination…, une révélation ?

— Dans quel genre ?

— Bernadette !

— Chirac ?

— Non ! Soubirous !

— Ma foi non ! avoue-t-elle sans se rendre compte de l'antinomie de son exclamation.

Agrippé à son ultime espoir, Eddy Teur insiste :

— Tu n'as jamais eu l'envie soudaine, incontrôlable d'entrer dans les ordres ?

— En voilà une idée !

— Excellente, crois-moi ! *Du harem au couvent*, c'est très accrocheur comme titre.

— Je regrette, mais…

— Ne t'inquiète pas ! Je vais jouer le coup avec une vraie pute. Elle, elle ne demandera pas mieux que de prendre le voile : c'est moins fatigant que de l'ôter ! J'appellerai ça : *De Pigalle à Lourdes*. Avec, là aussi, la possibilité d'un deuxième volet : *De Lourdes à Pigalle*.

En proie à une excitation de chien de chasse, Eddy Teur se met à crayonner à toute vitesse sur une feuille blanche un dessin susceptible d'illustrer la couverture de son nouveau projet : des porte-jarretelles suspendus aux branches d'une croix. Très content de son esquisse, il la présente à Edelweiss.

— Qu'est-ce que tu penses de ça ?

— De quoi ?

— Ben… de mon dessin !

— Quel dessin ?

— Celui-là, andouille !

Il lui désigne la feuille. Incroyable ! Elle est entièrement blanche. La figure de l'éditeur le devient aussi. Le dessin a disparu. L'arrogance de l'éditeur aussi. Il regarde Edelweiss avec une stupéfaction inquiète. Elle a l'expression extasiée que l'on peut prêter à Jeanne d'Arc entendant des voix célestes. D'ailleurs, notre bergère en entend une, probablement, puisqu'elle interroge un interlocuteur invisible :

— Où êtes-vous ?

L'éditeur, pensant que la question s'adresse à lui, répond, effaré :

— Mais je suis à mon bureau, voyons, devant toi !

En même temps, Mary Christmas satisfaisait la curiosité d'Edelweiss :

— Je suis sous son bureau en train de lui préparer un tour… désopilant. Regarde bien !

Edelweiss écarquille aussitôt les yeux puis se les essuie du revers de la main car elle pleure de rire.

— Qu'est-ce que tu as ? demande l'éditeur.
— Votre costume ! répond la bergère, hilare.
— Quoi mon costume ?
Eddy Teur baisse les yeux et découvre, à la place de l'élégante tenue cachemire-flanelle qu'il portait deux minutes auparavant, une robe de bure pareille à celle des moines cisterciens. Est-il besoin d'ajouter qu'il a l'air hébété ? Non ! Ce serait pur délayage. Sachez seulement que cette hébétude redouble quand il entend Edelweiss, apparemment saine d'esprit, poursuivre une conversation très sérieuse avec une certaine Mary qu'il ne voit pas et que cette hébétude augmente encore quand, tel un geyser, jaillit de son sous-main un contrat tout préparé.
Aussi sereine que lui est perturbé, Edelweiss l'invite à le lire avant de le signer. Eddy Teur se prend la tête à deux mains avec l'intention plausible de s'arracher les cheveux. Mais… il n'en a plus ! Ou si peu : juste une petite couronne cernant une grande tonsure.
— C'est normal pour un moine ! lui murmura Edelweiss, angélique.
Cette remarque d'une logique terrifiante crucifie l'éditeur qui s'écroule sur son fauteuil directorial. Néanmoins, dans un réflexe de P-DG, il parcourt le contrat qui ressemble à n'importe quel autre et qui lie bien entendu l'avenir d'Edelweiss au sien.
Selon son habitude, il va au point essentiel : l'à-valoir. Celui-ci est assez important pour que la bergère éprouve le besoin de le justifier :
— Ça va juste me permettre de rembourser mes dettes et de m'acheter un troupeau de moutons.

Eddy Teur ne répond pas. Il feuillette nerveusement le contrat à la recherche du titre prévu par Edelweiss pour ce livre.

— Je ne l'ai pas encore définitivement choisi, dit-elle, répétant ce que Mary Christmas lui souffle dans l'oreille. J'hésite entre *De l'édition à la trappe* ou *Du cul au culte*.

Sans un mot, Eddy Teur indique du doigt qu'il préfère le second titre. A contrecœur, Edelweiss, en accord avec Mary, reconnaît que même sous l'habit monastique, il garde un instinct commercial très sûr et se range à son avis.

Toujours en silence, Eddy Teur incline la tête en signe de reconnaissance puis aborde la dernière page du contrat. La signature d'Edelweiss Pipeau y figure déjà. Il y appose la sienne ; lèvres closes, yeux baissés, il paraphe sans la moindre surprise le nom que spontanément il vient d'écrire. Le sien désormais : frère Edouard des Saintes Ecritures.

LA VICTIME DU HARD

Il était une fois une romancière qui avait le cœur au bout de la plume. Les bons sentiments, si décriés en littérature, s'étalaient d'un bout à l'autre de ses livres sans le moindre complexe. La tolérance y était naturelle. L'honnêteté payante. La loyauté récompensée. Le courage honoré. On rencontrait la vertu à chaque coin de page. Le vice honteux se cachait entre deux lignes. L'amour triomphait au dernier chapitre. Quant aux héros, ils étaient toujours beaux, beaux, beaux… et bons à la fois. Et les méchants : toujours laids, laids, laids… et sots à la fois. Oui, sots. Notre romancière n'écrivait pas « con ». Ni aucun gros mot. Plus exactement, aucun de ceux que dans son enfance on lui avait appris à considérer comme tels et qui sont passés maintenant dans le langage courant. C'est peu dire que ses romans étaient démodés. Carrément imperméables au temps. La haine, la violence, la grossièreté, la muflerie, la vulgarité n'y pénétraient pas. Le sexe non plus, évidemment. Les fiancés « échangeaient des regards pleins de promesses ». Les époux « s'enlaçaient dans la nuit complice ». Les amants « osaient un baiser fougueux ». Impudence zéro.

Malgré cela – ou peut-être à cause de cela, allez donc savoir ! – les vingt romans qu'elle a publiés jusqu'ici (un par an, toujours pour Noël) ont tous connu un grand succès populaire, tant en France qu'à l'étranger. Sans comparaison toutefois avec celui – colossal – de feu Barbara Cartland qu'on évoque souvent à son propos. Avec plus de malignité que de raison, me semble-t-il. Car à ma connaissance les deux best-sellers n'ont jamais eu en commun que leur passéisme assumé avec le sourire. A part cela, notre Française ne ressemble guère à sa défunte collègue d'outre-Atlantique. En effet, contrairement au bruit qui a couru à ses débuts à cause de son nom – Rosalie Larose –, la Française n'a pas comme sa consœur américaine une prédilection particulière pour le rose. Elle aime tout autant les autres couleurs… à condition qu'elles soient pastel. Les tons vifs la heurtent au point que dans ses romans, l'adultère n'est pas jaune, mais paille ; la colère pas noire, mais ardoise ; les apoplectiques pas rouges, mais corallins ; les paniqués pas verts, mais céladon. Elle-même s'habille en monochrome, toujours pâle, et son intérieur décline toute la gamme des blancs et des beiges. L'ambiance y est sereine, comme dans le parc aux arbres protecteurs ; comme sur la terrasse crème, jouxtant la piscine azurée, surplombant le lac Léman dont la réputation apaisante n'est plus à faire.

Rosalie, très peu mondaine, quitte rarement cette vaste et jolie bulle. Elle y vit dans la quiétude avec un mari aimant, prénommé Edouard, natif de Besançon et qu'elle appelle tendrement « son doux

Doudou du Doubs ». C'est vous dire ! A part cela, Edouard, homme et peintre naïf, vend ses tableaux aussi bien que sa femme vend ses livres. Ce qui ôte au couple tout problème d'argent et de rivalité. Le service est assuré par un couple pittoresque de Portugais à l'accent vaudois : Luis et Amalia. Ils habitent à vingt ou trente minutes de là selon l'embouteillage, dans un quartier considéré comme « agité ». Tout est relatif.

C'est par eux, surtout par Amalia, curieuse et bavarde, que Rosalie est au courant du quotidien vécu par ceux qui n'ont pas sa chance : leurs problèmes, leurs drames, leurs déceptions. Tous ces fils du tissu humain composent par la suite la trame des romans de Rosalie et leur confèrent un accent de vérité en dépit de leur optimisme majoritairement irréaliste ! Il est vrai que l'accent vaudois d'Amalia amortit beaucoup la tristesse des nouvelles qu'elle transmet ; de même, l'épaisseur des murs et la superposition des rideaux de voile, de faille, de velours, amortissent l'horreur des informations qui parviennent du monde entier, via la télé, la radio, la presse, jusqu'aux oreilles compatissantes de Rosalie. Car elle compatit. Et pas seulement en pensée. En action, et surtout en dons qu'elle entoure de la plus totale discrétion. Elle a la générosité silencieuse. L'ironie ouatée. La gaieté sous-jacente. La parole feutrée. Par nature et par éducation elle déteste les éclats, les taches, les aspérités. Elle se sent en parfaite osmose avec la surface du lac de Genève « aussi lisse que son style », « aussi plate que ses histoires », affirment ses détracteurs qui, on s'en doute, ne manquent pas. Les plus modérés se gaussaient : « Mme Larose n'écrit jamais un mot plus haut que l'autre. Et encore moins plus bas. » Les autres : « Mme Larose n'a pas dû entrer dans une librairie depuis la guerre. Celle de 14. » Ou encore : « Mme Larose est si prude que ses personnages ne prennent pas la queue mais suivent une file d'attente et qu'en bateau ils jettent l'ancre dans un port et évitent soigneusement les bittes d'amarrage. »

Elle ne compte plus les agressivités verbales ou écrites dont elle est l'objet dans les médias où elle est devenue une espèce de tête de Turc. Elle se contente de plaindre ses pourfendeurs qui ne peuvent être, selon elle, que rongés par la jalousie et l'envie. « Les pauvres, susurre-t-elle avec indulgence. A leur place je réagirais sûrement comme eux ! » Parfois elle ajoute avec coquetterie : « Et j'aurais de vilaines rides comme eux. Ou le teint brouillé. » Elle peut se le permettre : son visage lui aussi est lacustre. Le temps y a glissé sans quasiment y laisser de traces et c'est d'une démarche très souple, très détendue, qu'elle avance sereinement vers la cinquantaine.

Et puis tout à coup ce matin, à cinq secondes d'intervalle : tempête sur le lac Léman et sur le lac Rosalie. Pour la première, la météo l'a prévue. Pour la seconde, aucun signe annonciateur. Brusquement elle s'est réveillée comme sous l'effet d'un séisme dont ses entrailles sont l'épicentre. Elle craque de partout, libérant des laves de colère, des coulées d'indignation, des flux de ressentiments. Le « doux Doudou du Doubs » est arraché à son sommeil par les cris de sa paisible épouse qui soliloque devant la psyché de leur chambre :

— J'en ai marre, marre, marre. Tu m'entends : marre ! Ras le bol ! Je sature !

— Mais à qui parles-tu, mon ange ?

— A moi ! A toi ! A la terre entière !

— Mais de quoi as-tu marre ?

— D'être considérée comme une ringarde, une dinosaure, une attardée qui croit que les enfants naissent dans les choux et dans les roses ! Merde, à la fin ! Des gniards, on en a eu deux et on ne les a pas faits par correspondance, hein, mon Doudou ? Mon grand fou ! Mon voyou ! Tu sais bien avec quoi on les a faits, toi. Hein ? Tu le sais ?

Comme l'interpellé affolé ne répond pas assez vite, elle se précipite vers le lit, rejette les couvertures et se rue vers l'objet de la question.

— Avec ça ! hurle-t-elle.

Et pour plus amples informations, elle dévide le chapelet de mots académiques, argotiques ou orduriers qui désignent la chose.

Grâce à une pluie de tendres objurgations, puis à une averse de paires de claques, puis à un tube de Témesta, Rosalie finit par se calmer complètement et prie même son mari avec son habituelle délicatesse de bien vouloir excuser cet exceptionnel débordement.

— Je ne sais pas ce qui m'a pris, avoue-t-elle.

— Une brusque dépression atmosphérique, suggère Edouard. Comme pour le lac... qui entre parenthèses s'est apaisé en même temps que toi.

— Non... je pense plutôt à une piqûre.

— Une piqûre ?

— Oui, tu sais, l'expression populaire : « Je me demande quelle mouche l'a piqué ? » Eh bien, dans mon cas, je la trouve justifiée : j'ai bel et bien l'impression d'avoir été piquée par une mouche. Une grosse mouche verte.

Edouard n'ajoute pas : « Celles qu'à la campagne dans mon enfance on appelait "mouches à merde". » Mais il le pense. Rosalie aussi. Et ils ont raison.

La mouche malfaisante n'est autre que Monica Halloween. Depuis longtemps la sorcière hait autant le bonheur tranquille de la romancière que ses livres où le bien triomphe systématiquement du mal, et qu'elle juge de ce fait pernicieux. A la rigueur, elle supporte les gens qui ont tout pour être heureux et qui ont au moins la décence de ne pas l'être, mais ceux qui gagnent tous azimuts et qui en plus sont heureux de gagner… ça lui donne des boutons au propre comme au figuré. Alors bien entendu la béatitude de Mme Larose lui donne, elle, carrément des pustules et des bubons. C'est pourquoi elle a décidé d'inoculer à la romancière comblée le venin de l'insatisfaction, mélangé à celui de la vengeance. D'où l'effet de piqûre ressenti par celle-ci. La réaction explosive de sa victime l'encourage à continuer ses injections intranébuleuses mais en modulant les doses selon les circonstances ou les effets souhaités. Pour le moment, elle s'abstient, la dose précédente agissant encore mais à un moindre degré. Rosalie sent bien que si la crise est passée elle en garde des séquelles. A preuve qu'après le petit déjeuner elle s'adresse à Amalia avec beaucoup de gentillesse mais au lieu de s'informer comme tous les matins des nouvelles plus ou moins anodines de son quartier – la santé, le travail, les amours des uns et des autres – elle lui demande à brûle-pourpoint :

— Alors, pas de viol ? Pas d'inceste ? Pas de pédophilie ?

Amalia, pétrifiée comme si elle venait de voir le diable en personne, se signe en appelant le ciel à la rescousse :

— Dieu nous en préserve !

— J'espère bien que non ! lui rétorque sa distinguée patronne sur un ton de dévergondée. Pour mon prochain bouquin, il va me falloir de la docu. Et même de la doc-cul.

— Plaît-il ? questionne Amalia qui connaît par cœur les « œuvres de Madame » et parle volontiers comme ses personnages.

— De la documentation concernant le cul, quoi, précise Rosalie.

Amalia se raccroche à un espoir d'ignorance linguistique :

— Le cuquoit ? En un seul mot ?

— Non ! En deux ! Le sexe, si vous préférez.

Le doute n'est plus possible. Amalia se rebiffe :

— Ne comptez pas sur moi pour vous guider ou vous suivre sur les chemins de la perversion.

— Eh bien, tant pis, lance Rosalie avec légèreté, j'irai au charbon moi-même !

Dès que ces mots parviennent à Monica Halloween, à l'écoute sur son nuage noir, elle éclate d'un de ses rires sardoniques qui la rendent aussi identifiable pour ceux d'en haut que le cri de Tarzan pour ceux de la jungle.

Mary Christmas, en RTT sur son nuage bleu, n'a donc aucun mal à la repérer et à découvrir, via Interplanet, la cause de cette hilarité. Mary est à la fois furieuse et peinée. Elle est une des lectrices fidèles et attendries de Rosalie. Elle la trouve courageuse de vivre et d'écrire à contre-courant, de cultiver la fleur bleue plutôt que la marihuana, de prôner l'Amour plutôt que la Haine. Elle a toujours estimé qu'il était de son devoir de la protéger comme on protège les espèces en voie de disparition. Et de loin, elle veillait sur elle et sur la paix de son ménage. Elle ne supporte pas l'idée de la voir sous l'emprise d'Halloween, tentée par les mœurs et les modes sulfureuses du troisième millénaire, de la voir prendre avec son mari des allures de julotte affranchie pour lui annoncer… quoi ? quelle horreur ! qu'elle va passer le week-end à Paris, histoire « de respirer l'air de la capitale dont elle souhaite imprégner son nouveau roman ».

Le brave Edouard ne voit là qu'une idée d'artiste soucieuse de renouveler son inspiration et conduit lui-même sa femme à l'aéroport. C'est dans l'avion que Mary Christmas la rejoint et se présente à elle, précisant qu'elle est une de ses nombreuses admiratrices. La romancière ignore son nom et trouve d'emblée fort antipathique cette créature blonde, évanescente, éthérée, qui ressemble à la plupart de ses héroïnes – les anciennes : celles qu'elle veut oublier. Elle pense qu'il s'agit d'une de ces chasseuses d'autographes que d'habitude elle chouchoute et qui présentement l'agacent au plus haut point. Résignée, elle sort déjà son stylo mais Mary arrête son geste.

— Je ne veux pas de votre signature. Je veux simplement vous signaler que vous êtes dans le collimateur de Monica Halloween.

— Monica Halloween ? Qui est-ce ?

— Une sorcière qui a juré votre perte.

— C'est ça ! Et moi, je suis la fée Tartine.

— Non, vous êtes une femme en danger. C'est moi qui suis une fée.

Rosalie, certaine d'avoir affaire à une folle, alerte du regard l'un des représentants du personnel de bord : un steward beau comme pourrait l'être un acteur américain qui jouerait un steward dans un film-catastrophe. Habitué à ces discrets appels de passagères en émoi, il s'éloigne prudemment en assurant « qu'il va revenir dans deux petites secondes ». Mary Christmas profite de ce répit pour revenir à la charge :

— Je vous en supplie, croyez ce que je vous dis : je suis une fée. Monica est mon ennemie jurée et en l'occurrence la vôtre. Elle veut vous perdre. Moi, je veux vous sauver, je vous le jure sur la tête de mon père… que vous évoquez souvent dans vos livres.

— Qui est-ce ?

— Le Père Noël !

Rosalie tressaille : cette fille est une vraie démente. Il serait dangereux de la garder à bord. Par chance, le steward arrive à sa hauteur pour mettre le pardessus d'un voyageur à l'intérieur du coffre à bagages situé juste au-dessus de sa tête. La fermeture Eclair de son pantalon est au niveau des yeux de la romancière. Elle a une envie soudaine d'en descendre la tirette. D'aller pêcher la divine anguille dans les profondeurs buissonneuses, puis, en sa compagnie, de décoller comme l'audacieuse et célèbre Emmanuelle en direction du septième ciel, à l'étonnement des passagers, peu habitués à traverser entre Paris et Genève tant de zones de turbulences ! Il s'en faut d'un rien pour que la prude Rosalie ne se livre à ces turpitudes. Oui, vraiment d'un rien… incompréhensible : une douleur foudroyante dans le coude qui stoppe sa main à l'instant fatidique et lui arrache un cri… propre à mobiliser l'attention immédiate du steward :

— Quelque chose ne va pas, madame ?

— Non… Non… Juste un élancement dans la main. Comme une piqûre… de papillon !

— De papillon ?

— Oui !

Très professionnel, le steward cache sa surprise, et s'apprête à examiner l'endroit incriminé. Pour ce faire, il avance sa main vers celle de Rosalie. Celle-ci la repousse, spontanément offusquée, mais à la réflexion étonnée de l'être. A juste titre : la minute d'avant, elle rêvait de gestes autrement plus compromettants ! Avec cette pensée revient dans sa tête l'image de Mary Christmas. Du coup, elle se lève et rattrape le steward un peu plus loin dans l'allée centrale :

— Excusez-moi, dit-elle, à cause de cette sotte piqûre, j'ai oublié de vous avertir d'une chose très importante.

— Quelle chose ?

— Il y a dans l'avion une jeune femme qui n'a

pas toute sa tête : elle prétend être une fée et la fille du Père Noël !

— Ah ! Mary Christmas !

— Vous la connaissez ?

— Bien sûr ! A force de se croiser dans les nuages...

— Elle n'est pas dangereuse ?

— Mary ? C'est un ange ! Où est-elle ?

— Juste sur le siège derrière moi.

En même temps que Rosalie, le steward se retourne vers la place qu'elle vient de lui indiquer. Ils y voient tous les deux un vieux monsieur, très britannique, en train de lire le *Financial Times*. Contrairement à Rosalie, le steward ne manifeste pas le moindre étonnement :

— Elle a dû s'en aller, dit-il benoîtement.

— Mais par où ? Toutes les portes sont déjà fermées.

— Par un hublot !

— Un hublot !

— Pour elle pas de problème : elle les traverse comme un miroir.

Rosalie regagne sa place en titubant et y reste tout le long du voyage littéralement atterrée – ce qui dans un avion traduit une profonde perturbation.

Pendant ce temps, outre-Terre, Mary et Monica se livrent un duel verbal extrêmement violent. Pour le moment, elles ont rangé leurs armes habituelles : la baguette magique pour l'une, la seringue maudite pour l'autre. Mais elles menacent de les dégainer à la première occasion :

— Je lui piquerai les fesses à ta Rosalie, promet

la sorcière, jusqu'à ce qu'elle s'éclate comme une bête et qu'elle nous torche une histoire à l'eau de bidet !

— Moi, je lui pommaderai le cœur et le corps avec mon antidote : le baume aux fleurs d'oranger et de lys, jusqu'à ce qu'elle en sorte, comme par le passé, une rafraîchissante bluette.

Après avoir ainsi échangé leurs intentions, chacune de ces deux dames de l'au-delà regagne son poste d'observation. De là, elles se surveillent mutuellement d'un œil et gardent l'autre sur Rosalie. Celle-ci est à présent dans sa chambre d'hôtel à proximité des Champs-Elysées. C'est le chauffeur du taxi pris à l'aéroport – un sbire de Monica – qui le lui a recommandé, l'y a conduite et l'a « confiée aux bons soins » du concierge, son complice. Celui-ci, avec un sourire divin – autrement dit diabolique –, a glissé dans le creux de l'oreille de la romancière :

— Je réponds – même quand on ne m'appelle pas – au nom d'Angelo. Et il s'humecte les lèvres avant de préciser : Je parle plusieurs langues.

Rosalie aussitôt fantasme sur les Clefs d'or, et sent monter en elle les mêmes pulsions que dans l'avion, face au pantalon du steward. Un réceptionniste, télécommandé par Mary Christmas, intervient juste à temps pour que les pulsions redescendent et que seuls Rosalie et ses bagages montent dans l'ascenseur.

C'est donc dans sa chambre que nous la retrouvons, encore sous le coup des courants contraires qu'elle vient de subir et qui influent sur son comportement. Ainsi, simultanément, elle se prélasse dans un bain chaud pour se détendre, puis se douche à l'eau glacée pour se stimuler. Après quoi, elle s'habille comme d'habitude : limite dame patronnesse, et se maquille comme jamais : limite pétasse ; enfin, redescendue dans le hall de l'hôtel elle se dirige vers le comptoir de la réception, droite dans ses bottes et s'adresse au concierge, oblique dans le regard et chancelante dans la voix :

— Angelo, que conseilleriez-vous à une romancière soucieuse de s'initier à la dolce vita parisienne ?

— D'abord, une visite à Jo Cradingue.

— Qui est-ce ?

— Un relookeur génial : en quelques heures, il vous transforme des pieds à la tête n'importe qui en n'importe quoi.

— Vous pensez que telle quelle…

— Impossible ! Vous seriez éjectée de tous les endroits hard, pour délit de clean gueule : vous êtes beaucoup trop lisse. Ça paraîtrait suspect.

— Je pourrais peut-être moi-même…

— Non ! Soi-même on ne se refait pas. Il n'y a que Jo Cradingue pour vous refaire : à l'extérieur comme à l'intérieur.

— L'intérieur aussi ! Mais comment ?

— Vous verrez bien, *ragazza carissima !*

La nuit est complètement tombée quand Mme Larose sort de chez Jo Cradingue. Pour le bas, au-dessus des escarpins à talons : un jean en lurex noir dont les coutures sur les côtés sont remplacées par des lacets qui laissent généreusement apparaître sa chair. Pour le haut : un prétendu cache-tout en résille très aérée qui ne cache rien.

L'ensemble est couronné par un casque de cheveux poisseux obtenu laborieusement après trois shampooings à l'huile pour voiture, qui encadrent un visage plâtreux aux cernes prometteurs. Les diverses étapes de ce changement ont été accompagnées par quelques effleurements fort bien dosés qui ont allumé la libido de Rosalie depuis longtemps en veilleuse ; puis par des projections de films porno qui l'ont enflammée ; enfin juste avant sa sortie par l'absorption d'un whisky-gin, grâce auquel elle s'est mise à rêver à toutes sortes d'extincteurs. Jo Cradingue n'a eu que le temps de la pousser dans le taxi qui l'attendait dont le chauffeur (le même qu'à l'aéroport ce matin) a eu beaucoup de mal à la reconnaître, bien qu'il ait été prévenu de son relookage.

Pas étonnant, dans ces conditions, que Mary, qui elle n'est pas au courant, ne réussisse pas à la repérer malgré les perfectionnements de ses appareils détecteurs et malgré le zèle et les ailes (ah ! cette langue française !) de ses agents terrestres. Elle guette son retour à l'hôtel pour la suivre à nouveau d'en haut et lui offrir en bas une garde rapprochée. Mais je t'en fiche ! Rosalie reste introuvable. Où peut-elle bien être ? A voir de loin le sourire mauvais de la sorcière, Mary imagine bien qu'elle n'est pas au couvent. Mais quand même, elle est à cent lieues de l'imaginer… au « Paradis ».

Tel est le nom du club très privé que naguère la romancière aurait considéré comme une antichambre de l'enfer. Son chauffeur – très particulier – l'y a déposée et jetée parmi la faune des habitués surexcités, comme jadis sainte Blandine a été jetée en pâture aux fauves dans les arènes de César. A ceci près que la respectable Mme Larose a tout de suite été consentante et qu'elle est devenue carrément demandeuse dès qu'elle a aperçu le César local : un certain Paffy Provoc, qui justifie son pseudonyme en multipliant les provocations dans ses gestes, dans ses mots, dans ses vêtements ou sa quasi-absence de vêtements.

Sous sa houlette – il serait plus juste de dire sous sa cravache – depuis deux heures déjà, Rosalie se lâche. S'éclate. S'explose. Halète. Geint. Crie. Tâte. Palpe. Etreint. Tourne. Boule. Roule. S'ouvre. S'offre. S'abandonne. En voit de toutes les couleurs. De toutes les longueurs. De toutes les largeurs. Cueille. Accueille. Recueille. Lèche. Allèche. Pourlèche. Bref, entre coke et cannabis, Rosalie se vautre dans le stupre et l'orgie.

Cependant, bien que Monica Halloween avec l'aide incomparable de Paffy Provoc la plonge dans un état second, elle ne la prive pas pour autant de son état premier. C'est-à-dire son état d'auteur. Son corps exulte et sa tête jubile. Bien sûr, il n'est pas question pour elle d'écrire au milieu de ses galipettes présentes. Mais il est question de s'en souvenir pour pouvoir les coucher sur du papier. Alors, sans que cela nuise en rien aux blandices de ses sens, elle engrange dans un coin de sa mémoire les actions et les exactions. Les impressions. Les sensations. Les appréciations. Les émotions. Les humiliations. Les flashes. Les clashes. Les trashes. Les sons. Les souffles. Les chuchotements. Les suppliques. Les obscénités.

Les soudardises. Les paillardises. Les vicelardises. Tout. Elle enregistre tout.

Et sous le coup de quatre heures du matin, le corps repu, elle éprouve l'impérieux besoin de satisfaire sa tête en la vidant intégralement de son contenu. C'est alors que Paffy Provoc, obéissant aux ordres de Monica Halloween, ouvre à Rosalie son bureau personnel : un blockhaus capitonné, à l'abri des bruits et des incursions. Elle y trouve un réfrigérateur, un congélateur bourrés de denrées diverses et un micro-ondes pour les rendre au besoin comestibles. De quoi tenir un siège. Elle y trouve également une pile impressionnante de cahiers vierges et d'innombrables bouquets de crayons, de pointes Bic, de stylos-feutres ou à encre. De quoi écrire les mémoires de Casanova !

Elle se contente de raconter les tumultes de sa nuit pendant cinq jours d'affilée entrecoupés seulement de quelques heures de sommeil, dans un état d'euphorie créatrice qu'elle n'a jamais connu. Au total, deux cents pages torrides, salaces, licencieuses : de quoi selon le cas vomir de dégoût, souiller sa couette du dimanche ou mettre un cierge à saint Sexe. De quoi aussi crier selon le cas : Au scandale ! Au pilori ! Ou… au génie !

Rosalie vient à peine d'écrire le mot « Fin » sur son manuscrit que Paffy Provoc entre dans la pièce, vêtu d'un costume de notaire qui ôterait tout désir à un régiment de nymphomanes. A fortiori à Rosalie qui est complètement épuisée, invertébrée comme une poupée de son. Elle enfile en silence le manteau que lui tend Paffy, le suit jusqu'au taxi dans lequel elle s'engouffre toujours sans un mot ; ne s'étonne même pas du ton cérémonieux de son « hôte » pour prendre congé :

— Au revoir, chère petite madame. Merci pour les excellents moments que je vous dois. Ne vous inquiétez de rien. Votre mari a très bien compris que vous ayez eu envie de prolonger votre séjour à Paris. Il vous attendra, le sourire aux lèvres, à l'aéroport de Genève. Votre billet est dans votre sac. Votre valise est dans le coffre du taxi. Votre note d'hôtel a été réglée. Angelo vous présente ses respectueux hommages. Je vous prie d'agréer les miens et vous souhaite un agréable voyage. Sans turbulences.

C'est dans l'avion que Mary Christmas repère enfin Rosalie. Elle pique immédiatement en chute libre sur l'appareil et y entre comme d'habitude par un hublot. Grâce à la complicité du beau steward de l'aller, elle s'installe auprès de sa protégée et use de ses sortilèges pour lui extorquer le récit circonstancié de tout ce qu'elle a fait pendant son séjour à Paris.

Bien que Rosalie n'entre pas dans le détail de ses turpitudes, ni du roman qu'elle en a tiré, la fée est affolée. Ce qui n'est pourtant pas son genre.

— Où est votre manuscrit ? demande-t-elle avec brusquerie.

— Sans doute dans ma valise.

— Comment « sans doute » ?

— Je ne m'en suis pas occupée. C'est Paffy qui s'est chargé de tout.

— Ciel ! s'écrie Mary.

Ce qui est dans le cas précis plus un appel au secours qu'une simple interjection. D'ailleurs le ciel l'entend bien de cette oreille. Mais néanmoins lui répond sa rengaine habituelle :

— Aide-toi, le ciel t'aidera.

Bon ! Message reçu cinq sur cinq. Puisque c'est comme ça, Mary commence seule son opération : « Sauvetage d'une fleur bleue en péril ».

Première phase :

Nettoyage à sec – extérieur et intérieur – de Rosalie, jusqu'à la disparition complète des taches provoquées par Monica. Et un ! Et deux ! Et trois… Bravo !

— On a gagné ! s'écrie la nouvelle Madame Propre.

Deuxième phase :

Chercher le manuscrit et le détruire. A cette fin, Mary s'enfonce jusqu'à la soute aux bagages, trouve la valise de Rosalie avec ses affaires bien rangées, mais pas l'ombre d'une page de son manuscrit. Son « brûlot », comme elle l'appelle maintenant qu'elle a recouvré son ancienne personnalité et tout ce qui va avec : notamment sa pudeur, sa peur du scandale et son vocabulaire.

— Plutôt morte que honteuse ! confie-t-elle à Mary en descendant de l'avion sans même un regard pour le beau steward.

— Vivez ! Rejoignez votre doux Doudou du Doubs. Je m'occupe du reste.

Troisième phase :

Mettre impérativement la main sur le « brûlot ».

Grâce à sa lorgnette magique, Mary le découvre sans trop de difficultés chez l'éditeur de Rosalie. Horreur et malédiction ! Il est déjà imprimé ! Sur la couverture rouge, des phallus déployés en éventail se tendent vers un vagin à qui vraiment il ne manque que la parole ! Son titre : *Le Serial Triqueur*. Au-dessus, le nom de l'auteur en grosses lettres dorées : ROSALIE LAROSE. En bas, la bande rouge de lancement : « Franchement dégueulasse. On n'a jamais fait pire ! »

Mary est consternée. Abattue.

— Ciel ! s'exclame-t-elle pour la seconde fois... qui heureusement est la bonne.

L'aide céleste est immédiate : sur la couverture le nom de ROSALIE LAROSE disparaît. Un autre s'inscrit à sa place : PAFFY PROVOC. Mary lève les yeux au ciel et y laisse monter sa joie et sa reconnaissance :

— Merci pour le coup de main et bravo pour l'idée. Elle est simple et évidente. Et en plus, elle satisfait tout le monde.

Elle a raison. Cette idée satisfait Rosalie Larose, heureuse comme un poisson du Léman qui retrouverait son lac après une plongée dans un océan tempétueux.

Elle satisfait Paffy Provoc, heureux avec ses vrais droits de faux auteur de pouvoir quitter le faux « Paradis » des Champs-Elysées, pour le vrai des Antilles où l'attend sagement sa petite famille.

Elle satisfait même Monica Halloween, heureuse dans le fond de ce match nul avec Mary Christmas qui laisse la porte ouverte à de nouveaux combats avec sa rivale préférée. La seule valable à vrai dire : les autres fées à côté, c'est du pipeau !

Mais, par-dessus tout, elle satisfait notre doux

Doudou du Doubs, heureux de la nouvelle source d'inspiration que sa chère Rosalie a découverte lors de son séjour à Paris. Mais oui ! Vous ne le savez pas encore : désormais elle n'écrira plus que des contes de fées.

L'HYPERMNÉSIQUE

Il était une fois un homme qui souffrait d'un très curieux trouble de la mémoire : il en avait trop ! A l'âge où bon nombre de ses contemporains se plaignent d'oublier de plus en plus de choses, lui, Rémi Nissens, se plaignait d'en avoir l'esprit encombré. Il se sent beaucoup mieux depuis un an qu'il est entre les mains – ou plutôt entre les oreilles – d'un psy, Thomas Tiremoy, dit Toto, le frère d'un chirurgien esthétique : Tiphaine, dit Titi.

Le praticien a réussi à lui enlever un amas de souvenirs désagréables, de détails inutiles, de scrupules superfétatoires, et à présent estime son travail de débroussaillage terminé.

— Plus, ça serait trop ! dit-il. Il faut laisser dans les tiroirs de votre passé de quoi vous distraire dans l'avenir.

Rémi ne partage pas l'avis du médecin. Il lui objecte que le fond – ou le double fond – de ses tiroirs, recèle encore non pas de quoi le distraire mais de quoi le tourmenter et lui rappelle une fois de plus ses horribles phrases-missiles qui viennent à l'improviste torpiller ses jours et ses nuits.

Elles sont au nombre de six. Les voici classées

par leur ordre de fréquence et l'intensité de leur impact douloureux.

En première position, une phrase de son fils tant espéré, tant aimé, tant choyé… tant pardonné. Ce fils qui lui a dit en guise de remerciements, alors qu'il venait de lui signer un gros chèque pour calmer un dealer, lui éviter la prison… ou pire : « Encore heureux que tu casques ! Moi, je n'ai pas demandé à naître ! » Il y a dix-huit ans de cela. Dix-huit ans que Rémi n'a pas revu son fils, mais qu'il entend toujours cette phrase.

En deuxième position : une phrase de sa femme, écrite rageusement sur un bout de papier, juste avant de quitter sans préavis le domicile familial, déjà déserté par leur fils. Rémi découvrit la phrase au retour d'un voyage de prospection à New York où il envisageait à l'époque d'ouvrir une succursale de son restaurant parisien : « J'en ai marre de vivre avec le plus cocu des cocus de la terre ! »

Il y a une décennie que Rémi a lu ces mots et pourtant la stupeur autant que le chagrin les ont gravés dans son esprit plus profondément qu'un burin.

En troisième position, la phrase d'un certain Walter – son walter ego comme il l'appelait –, un ami à la vie à la mort, qu'il a conseillé, encouragé, aidé financièrement, qui s'est réjoui de sa réussite… jusqu'au jour où il en a pris ombrage et lui a reproché de prendre des grands airs : « Il ne faudrait pas oublier que tu es le fils d'une pute ! Quoi que tu fasses, tu auras la rue Saint-Denis à la semelle de tes Weston. »

En tout cas, depuis neuf ans, Rémi a cette phrase collée à sa mémoire avec la glu de l'amitié trahie.

En quatrième position : une phrase de Raymond Grosporc, propriétaire d'un bar-brasserie, qui fut son premier employeur et qui lui refusa en ces termes une augmentation : « Je me suis tapé ta mère pour cent balles, toi, tu te tapes la plonge pour six mille : vous ne valez pas plus l'un que l'autre ! »

Rémi avait giflé M. Grosporc et claqué la porte du bar-brasserie. Le mois suivant, engagé comme apprenti dans un grand restaurant dont il devint plus tard le directeur, il envoya à son premier employeur un billet de cent francs avec ces simples mots : « De la part de ma mère. »

Il avait à peine plus de dix-sept ans. Il en a aujourd'hui un peu plus de soixante… et la phrase a gardé le tranchant du neuf.

En cinquième position : la phrase d'un rhumatologue, consulté pour une banale lombalgie et qui, au vu de ses radios, scanner et IRM, lui a annoncé une maladie des os très peu répandue, dont on ne sait pratiquement rien, sinon qu'elle est de forme évolutive. Quant à la périodicité des crises de dégénérescence et à la gravité de leurs conséquences… « ça, monsieur, dans l'état actuel de la science, je ne peux rien vous dire de plus ».

Si ce pauvre Rémi Nissens avait eu quelques connaissances littéraires, il aurait pu répondre : « Et mon cœur soulevant mille secrets témoins – M'en dira d'autant plus que vous m'en direz moins. » Faute de ça il a répondu : « Bon ! Ben… il n'y a plus qu'à attendre. »

Il y a quatre ans qu'il attend, avec la phrase qui lui saute dessus à la moindre défaillance, la moindre courbature, le moindre bobo.

En sixième position : la phrase de Constance, son dernier amour, une fille d'une très bonne famille, plus jeune que lui bien sûr, mais beaucoup plus raisonnable, plus pondérée et tellement bien élevée… Il allait lui demander d'être sa seconde épouse quand elle lui a annoncé qu'« elle se tirait avec un mec de son âge, avec qui enfin au lit elle pouvait jouer à tous les coups l'on gagne ! ». Ça encore, il aurait compris. Mais pourquoi avait-elle ajouté : « Pas une fois j'ai couché avec toi sans compter les billets de banque au plafond ! »

Lui, depuis trois ans, il ne compte plus les fois où au lit, à cause de cette phrase, à tous les coups il perd !

Le psy l'a écouté avec patience et regrette sincèrement de ne pouvoir lui répondre que :

— Je n'y peux rien. Ce sont des phrases incrustées dans votre mémoire, qui font corps avec elle, comme certains coquillages avec le rocher dont on ne peut les détacher.

— Il n'y a vraiment pas un moyen de les enlever ?

— Non ! Mais vous, vous pouvez, vous devez les repousser, chaque fois que vous les sentez venir, en leur opposant des pensées positives et optimistes. C'est la seule arme « antimissile » dont nous disposions actuellement et qui s'est d'ailleurs révélée très efficace sur plusieurs clients.

— Parce qu'il y en a d'autres dans mon cas ?

— Bien sûr ! Presque tout le monde avec l'âge.

Mais peu y attachent autant d'importance que vous. Pour évoquer les attaques dont ils sont l'objet, ils parlent plus volontiers de « moustiques » que de « missiles ».

— Les attaques qu'ils subissent sont peut-être moins puissantes ?

— ... Ou leur sensibilité moins affinée.

— Les veinards !

— Pas forcément !

Le psy prend congé de Rémi avec les encouragements d'usage et cette recommandation rassurante :

— Surtout, si ça ne va pas, n'ayez pas peur de m'appeler.

Rémi essaye de tenir le coup avec un maximum de bonne volonté et de volonté tout court. De mettre en pratique la méthode antimissile du psy. Mais aucune distraction, aucune perspective heureuse n'a la force d'arrêter dans sa course l'une ou l'autre de ces phrases maudites. Elles éclatent toutes dans sa tête sous n'importe quel prétexte ou même sans prétexte du tout, n'importe où, n'importe quand, avec cependant une prédilection pour la nuit. Il multiplie les insomnies... et les somnifères. Les douleurs... et les anti-inflammatoires. Il n'a pas le courage de consulter à nouveau son rhumatologue pour savoir si « dans l'état actuel de la science » il pourrait lui en dire un peu plus sur sa mystérieuse maladie. Il préfère retourner chez le psy. Celui-ci le reconnaît à peine tant il est amaigri. S'inquiète. Compatit. Le prend en charge. Le fait entrer dans un hôpital pour un check-up. A l'issue des examens nombreux et approfondis qu'il subit pendant deux jours, on ne lui trouve rien. Absolument rien. Sinon un état dépressif qui devrait s'améliorer, étant donné les bonnes nouvelles sur sa santé et donc la suppression d'une de ses phrases-missiles : celle de son rhumatologue.

Le docteur Tiremoy s'efforce à l'optimisme :

— Une de moins ! s'écrie-t-il.

— Encore cinq ! lui répond Rémi. Comme elles sont moins nombreuses, elles vont revenir plus souvent.

Il a raison. Tour à tour, son fils unique, son premier patron, sa femme, son walter ego, son dernier amour lui envoient leurs phrases explosives de jour comme de nuit. Le psy, impuissant à le guérir – ou même à le soulager –, s'inquiète de plus en plus. Au point qu'il décide de demander à tout hasard au service d'urgence qu'il partage avec son frère Titi de se tenir prêt à intervenir.

Bien lui en a pris ! Un jour, à l'heure du déjeuner, il voit débarquer Rémi avec dans sa poche un revolver et dans sa tête l'intention de se suicider devant lui. Aussitôt, mine de rien, il effleure la touche bleue située sous son bureau et avec un calme relatif écoute Rémi lui expliquer qu'il ne peut plus supporter le harcèlement de ses souvenirs, qu'il n'espère plus trouver l'oubli que dans la mort et que… Il se tait, de peur sans doute que son courage ne se dilue dans les mots et il prend son revolver. Le psy actionne alors, cette fois d'une main ferme, la touche bleue sous son bureau. Rémi pointe son revolver sur sa carotide. Le psy enfonce la touche bleue d'un grand coup de genou.

Rémi appuie sur la détente. Une détonation retentit et… le psy s'écroule. Rémi, lui, reste debout, ébaubi : à la place de la balle est sortie du barillet une volute de fumée et de cette volute… une infirmière blonde et bleue qui se jette sur le docteur Tiremoy pour le ranimer d'une bien étrange façon :

— Alors, mon freudichon joli, tu as eu peur que je te laisse tomber ? Tu sais pourtant que ce n'est pas mon genre ! Allez ! Réveille-toi ! C'est moi, Mary Christmas ! Ta FTT, ta Fée Tout-Terrain ! Tu sais bien : « Vous en avez rêvé… la fée l'a fait. » Allez ! Réveille-toi ! Il faut que je m'occupe de ton… de ton… Ah, flûte, j'ai oublié comment ça s'appelle un type qui a trop de mémoire… Attends !… Saint-Simon me l'a marqué sur un papier. Ah ! voilà ! Hy-per-mné-sique ! Tu entends ? Hy-per-mné-sique. Non ? Eh ben, tant pis ! Continue à roupiller ! On va se débrouiller sans toi, hein, monsieur Nissens ?

Mary s'est retournée vers celui qu'elle vient d'interpeller. Il lui sourit avec béatitude.

— Appelez-moi Rémi. J'ai l'impression de vous connaître depuis la nuit des temps.

— Il y a un peu de ça. En tout cas, moi, je vous connais par notre ami ci-gît, le docteur Tiremoy.

— Et lui, comment le connaissez-vous ?

— Par son frère Titi qui, comme lui, fait des liftings.

— Comment ça, des liftings ?

— Titi déplisse la peau et Toto les âmes. Et quand ils sont en difficulté avec un client, l'un ou l'autre, ils m'appellent pour que je leur donne un petit coup de main.

— Mais le docteur Tiremoy n'était pas en difficulté avec moi.

— Ah bon ? Vous n'aviez pas de problème avec votre mémoire ?

— J'en ai eu, oui. Mais, Dieu merci, il m'en a débarrassé.

— Alors pourquoi veniez-vous le voir ?

— Justement, pour le lui dire. Et le remercier.

— Avec un revolver ?

— Mais voyons… c'est le vôtre ! Vous êtes venue avec.

Mary joue à merveille l'étourderie :

— Ah oui, c'est vrai ! Excusez-moi. J'ai toujours un peu la tête dans les nuages.

— C'est normal.

Rémi va rendre le revolver – le sien – à Mary, toujours à genoux au côté du psy. Celui-ci reprend conscience avec appréhension. Mary le rassure d'un clin d'œil. Rémi se penche sur lui avec soulagement et sollicitude :

— Ah ! quel bonheur, soupire-t-il, voilà mon sauveur sauvé !

Le sourire et le ton allègre de Rémi dissipent aussitôt les brumes du psy mais pas totalement ses inquiétudes :

— Vous vous… sentez mieux ? demande-t-il avec prudence.

— Tout à fait bien !

— Et les phrases qui vous tourmentaient ?

— Quelles phrases ?

— Vous ne vous… en souvenez pas ?

— Non ! Dites-moi !

Le psy hésite à répondre craignant de compromettre le précieux travail d'oubli que Mary a accompli. Mais celle-ci l'encourage à parler. Alors il prononce d'abord le nom de Constance et la phrase qu'elle a dite. Et comme tout cela ne provoque chez Rémi qu'un de ces sourires indulgents qu'on réserve aux souvenirs sans importance, il prononce les autres noms assortis des autres phrases. Tous ne soulèvent comme le précédent que des réactions normalement distanciées.

Le docteur Tiremoy s'en réjouit avec sincérité et chaleur mais aussi avec rapidité, car il a hâte de parler en tête à tête avec Mary. Ça tombe bien. De son côté Rémi semble pressé de partir. Pour aller où ? Il serait bien incapable de le dire, mais il est pressé… comme si on l'attendait.

— On l'attend, dit Mary aussitôt qu'elle est seule avec le psy.

— Qui l'attend ?

— Je vous l'expliquerai ce soir, maintenant il faut que je le suive avec mon game-man.

— Qu'est-ce que c'est ?

— Un game-boy… mais pour adulte !

Mary sort de sa poche un de ces jeux si appréciés des enfants, avec boutons décisionnaires et écran de contrôle. Le sien est juste un peu plus grand et plus perfectionné. Elle appuie sur l'un des boutons. L'écran s'allume. Le psy y voit Rémi sortir de son immeuble. Hésiter sur la direction : à droite ? à gauche ?

— A droite ! lui souffle Mary en actionnant un autre bouton.

Rémi se dirige vers la droite. Thomas Tiremoy, enthousiasmé, voudrait jouer à son tour. Mary s'offusque : elle ne joue pas, elle. Elle est en mission. Elle doit rattraper Rémi et le téléguider dans la bonne direction.

— Laquelle ? demande le psy… à une volute de fumée bleue qui s'échappe par la fenêtre… et retombe sur le trottoir en rollers et game-man à la main.

Rémi qui n'a pas pris sa voiture pour se rendre chez le docteur Tiremoy, vu qu'il n'avait pas l'intention d'en revenir, se dirige, téléguidé par Mary, vers la station de taxis la plus proche. Il n'y trouve pas de taxi, mais une dame qui en attend un. Il met quelques secondes à reconnaître Constance avec ses grosses lunettes noires, ses traits tirés, son manque de coquetterie. Elle, elle le reconnaît tout de suite, lui saute au cou et lui dit, non pas comme une formule de politesse, mais comme l'expression d'une profonde vérité :

— Tu n'imagines pas à quel point je suis heureuse de te rencontrer !

— A ce point ? ironise Rémi.

— Je te jure ! J'allais t'appeler ! Je ne dors plus ! Tu vois ma tête : je cours à la dépression… à cause de toi.

— De moi ?

— Je n'arrive pas à oublier une des dernières phrases que je t'ai dites.

— Laquelle ?

Elle essaye de la répéter, mais les sanglots qui ont jailli avec les premiers mots la rendent inintelligible. Rémi distingue : « Couchée » et « billets de banque ». Il avoue que ça ne lui rappelle rien. Elle ne le croit pas. Pense qu'il lui ment par délicatesse, par générosité. Elle lui ressaute au cou, se presse contre lui. Lui glisse dans l'oreille :

— Téléphone-moi. Chez mes parents : je suis retournée chez eux depuis que…

Le reste coule en larmes. Un taxi arrive enfin. Normalement, celui destiné à Constance. Mais elle le laisse à Rémi :

— Prends-le ! Je vais rentrer à pied. J'ai envie de marcher. Il y a longtemps que je ne me suis pas sentie aussi bien.

Rémi monte dans le taxi, juste compatissant.

— Meilleure santé, dit-il bêtement.

Elle le regarde à travers la vitre, comme un naufragé peut regarder une bouée.

— Appelle-moi, supplie-t-elle, s'il te plaît !

Hors de sa vue, Rémi sourit. Sans triomphalisme, mais sans attendrissement non plus.

Arrivé dans son immeuble, le gardien donne à Rémi une lettre, apportée par « une dame apparemment en deuil », et un paquet dans un emballage cadeau, laissé par « un homme visiblement navré de son absence ».

A peine dans son appartement, Rémi ouvre l'enveloppe. Il en sort d'abord un faire-part annonçant la mort de Raymond Grosporc, décédé pieusement (tiens !) dans sa quatre-vingt-cinquième année (ah !… quand même !). Il en sort ensuite un chèque de… dix mille francs, agrafé à une lettre explicative de Mme veuve Grosporc :

« Cher monsieur,

« Je viens ici exécuter une des dernières volontés de mon mari. Touché à la fin de sa vie par la grâce et par une périarthrite, Raymond était obsédé par une phrase qu'il vous avait dite quand vous n'étiez encore qu'adolescent. Une phrase qu'il a refusé de me confier tellement il en avait honte. Il m'a seulement dit qu'il s'agissait d'une insulte adressée injustement à votre mère et il m'a priée, avant de s'éteindre, de vous remettre le chèque ci-joint, constituant à ses yeux "le prix de son remords… avec les intérêts". Si vous aviez la gentillesse de consacrer une toute petite partie de cette somme à l'achat d'un bouquet de fleurs que vous iriez déposer sur sa tombe (au Père-Lachaise, en face de celle de Musset !), je suis sûre qu'il vous serait reconnaissant de ce pardon posthume et de là-haut ne manquerait pas de vous le prouver. Merci d'avance pour lui. Avec mon souvenir attristé : Simone Grosporc. »

Rémi se promet d'aller au cimetière dès le lendemain avec un bouquet de roses blanches – les fleurs préférées de sa mère – et pourquoi pas avec Constance ?

Il se pose la question en ouvrant le paquet-cadeau que lui a remis le gardien. Il l'oublie complètement en découvrant le cadeau lui-même et la carte qui l'accompagne. Le nom inscrit à la main dans le coin gauche le fascine : Walter Ego. La suite l'enchante :

« Au cas où tu ne l'aurais pas remarqué, les chaussures dans le carton sont des Weston. Modèle spécial. Fabriquées dans un cuir très vieux, importé du pays de la complicité. Avec semelles absolument lisses et imperméables aux taches d'aigreur.

« Pour ne rien te cacher, j'espère qu'elles ne vont pas être à ta taille et que tu me téléphoneras pour qu'on puisse aller les échanger… ensemble. Pour moi, ça serait le pied ! Et pour toi ? »

Bien sûr que Rémi va téléphoner. Mais pas maintenant : il est trop chamboulé par tout ce qui lui est arrivé en quelques heures : le psy. Mary Christmas. Constance. Grosporc. Walter Ego. Il a besoin de faire le point. De réfléchir. De souffler un peu. Il se laisse tomber dans ce qu'il appelle son « panier de chat » : un gros fauteuil avec des coussins confortables, un plaid en mohair sur l'accoudoir gauche, la télécommande sur l'accoudoir droit. Machinalement, il la prend, zappe sans conviction d'une chaîne à une autre et finit par s'endormir.

Quand il se réveille, il croit un instant dormir encore… et rêver. Mais non ! Il se frotte les yeux. Les oreilles. Le doute n'est pas possible : il est bel et bien en chair et en os devant la télévision. Et c'est bel et bien sa première femme – la seule d'ailleurs – qu'il voit sur l'écran, en compagnie de l'animatrice d'une émission dite interactive où des inconnus viennent s'exprimer sur un sujet quelconque. Celui du jour : « La jalousie et ses perversités ». Rémi hausse le son. Il est curieux d'entendre sur ce chapitre l'opinion de celle qui un jour lui a écrit… quoi déjà ? Il se rappelle l'idée mais pas les mots exacts. Elle, si. Elle les répète à l'animatrice :

— Le plus cocu des cocus de la terre.

— Et ce n'était pas vrai ? demande l'animatrice.

— Du tout ! Je lui ai écrit ça par jalousie, pour me venger… d'une faute qu'il n'avait pas commise !

— Comment ça ?

— Il m'avait dit qu'il partait pour New York en voyage d'affaires et j'étais persuadée qu'il allait rejoindre une maîtresse. Enfin… « on » m'avait persuadée.

— Qui « on » ?

— Une femme qui lui tournait autour et qui voulait se débarrasser de moi.

— Mais quand vous avez découvert votre erreur, pourquoi n'êtes-vous pas revenue lui expliquer ?

— A cause de cette maudite phrase : j'avais trop honte… et il avait trop de mémoire.

— Même encore maintenant ? Après… dix ans, je crois.

Rémi voit le visage perplexe de son ex-épouse. Il n'entend pas sa réponse : la sonnerie du téléphone l'en empêche. Agacé, il va répondre. C'est le directeur de son restaurant qui lui demande de venir de toute urgence. Il a un problème avec un client important. Très important. Il insiste. Rémi a gardé un œil sur l'écran de télévision. Il voit un homme s'installer à la place de sa femme. Au téléphone, le directeur de son restaurant le presse de répondre.

— J'arrive ! dit-il.

A peine a-t-il franchi la porte du restaurant qu'un petit garçon à tête d'ange le tire par sa veste et tout de go lui dit sur le ton d'une leçon bien apprise :

— Bonjour ! Je suis ton petit-fils. J'ai sept ans aujourd'hui, l'âge de raison. Je viens fêter mon anniversaire chez toi. Avec mon papa, qui est très content d'être né depuis que je suis là. Voilà. C'est tout. Ah non ! j'oubliais : je m'appelle Rémi. Comme toi.

La suite ? Elle est ce que l'on peut souhaiter qu'elle soit pour peu qu'on ait un faible pour les bons sentiments, les mélos qui font pleurer Margot et les histoires qui finissent bien.

Rémi – l'ancien – aura bien de la joie à la raconter plus tard à sa petite-fille, la sœur de Rémi – le jeune – qui va naître au printemps prochain. Mais il n'a pas la patience d'attendre.

De retour dans son appartement, malgré l'heure tardive, il appelle le docteur Tiremoy pour le tenir au courant du rêve éveillé qu'il a vécu depuis qu'il l'a quitté.

— Inutile ! dit le psy, je sais. Mary Christmas m'a fait un rapport circonstancié.

— Elle est là ?

— Non ! Elle est repartie par le dernier TGV (Transport. Galaxie. Vadrouilleuse). Mais elle m'a prié de vous transmettre un message.

— Dites !

— « Souvenez-vous d'oublier ! »

LE SOUS-DIMENSIONNÉ

Il était une fois un monsieur très grand qui l'avait toute petite. Ou tout petit. Ça dépend. Ça dépend si vous assimilez l'emblème viril à un grand machin ou à une petite chose et si en conséquence vous y pensez au masculin ou au féminin.

Luc, le héros de notre histoire, y pensait au féminin depuis le jour où, puceau dégingandé mais charmant, il s'était retrouvé dans le lit d'une Héloïse délurée qui aimait à répéter avec une malicieuse ambiguïté qu'elle n'avait pas la langue dans sa poche. Elle le lui prouva sur-le-champ et sous la couette. A peine eut-elle découvert l'objet essentiel de leur rencontre qu'elle s'écria :

— Ce n'est pas possible ! Tu dois en avoir une autre ! Ça, c'est l'échantillon !

Sur ce, ludique à l'extrême, Héloïse fit mine de chercher et ne parvint qu'à recroqueviller davantage la pudique petite chose. Revenue de ses investigations, Héloïse s'exclama :

— Faut que je fasse un vœu : c'est la première fois que j'en vois une aussi minuscule. Et pourtant, crois-moi, j'en ai vu quelques-unes… des blettes et des pas mûres !

La consternation de Luc grandissait, elle, à vue

d'œil et atteignit son paroxysme quand il vit Héloïse noter dans son journal intime à la date du jour, le 24 juin : « C'est le jour le plus long que je suis tombée sur la plus courte ! »

— C'est affreux, balbutia Luc anéanti.

— Mais non ! Ce n'est pas grave ! Tu n'auras qu'à la livrer avec des jumelles !

Dans la bouche d'Héloïse ce n'était qu'une boutade. Dans l'oreille de Luc, ce fut un cataclysme qui le ravagea des pieds à la tête. Des décombres, il retira une résolution, illustrée par cette devise : « Plutôt mourir que de la montrer ! »

Il observa cette devise avec rigueur : jamais il ne pratiqua le nu intégral. Refusa toute intimité avec quiconque. Evita les jeans collants. Puis un jour, il se mit à porter des slips rembourrés comme ceux des danseurs. Il fabriqua les premiers lui-même, de façon artisanale, pour ne pas risquer l'indiscrétion d'un confectionneur ou, pire, d'une confectionneuse patentée.

Il manifesta dans cette spécialité des dons évidents et créa toute une collection de « substituts » indétectables au regard, à l'effleurement et même au toucher sur tissu léger. Il présenta ses modèles – sous le manteau – à un certain Habélard, patron de sex-shops et protecteur attitré d'Héloïse. Celui-ci fut enthousiasmé. A travers les confidences de ses clients, il pressentait que le marché du camouflage génital était sous-exploité et qu'il y avait là une place à prendre.

Ils la prirent à eux trois : Habélard fournit les premiers capitaux. Héloïse démarcha. Luc fabriqua. Bientôt ils créèrent une marque de sous-vêtements masculins qu'en hommage à l'illustre « Petit Bateau » ils appelèrent le « Gros Navire » et dont la réussite demeure, comme le reste, insoupçonnable.

Devenu riche grâce à son infortunée petite chose et d'autre part doté de tous les signes extérieurs de la séduction, Luc attirait les femmes… d'autant plus qu'il les fuyait. Au prix d'efforts héroïques il repoussa leurs assauts, déjoua leurs pièges et demeura, comme il se l'était juré, sinon pur mais chaste. Quoi qu'il lui en coûtât, il supporta son abstinence avec une résignation très digne… jusqu'au jour où Ingrid Petersen surgit dans sa vie.

Cette Suédoise – le contraire d'une allumette question forme, mais à l'identique question incandescence – l'embrase de haut en bas en passant par le centre. De son côté, dès qu'Ingrid voit la stature prometteuse de Luc, elle s'enflamme comme de l'étoupe et n'attend bientôt plus que le détonateur pour exploser.

Or, le détonateur, au moment crucial, reste plus que jamais tapi dans l'une des conques trompeuses et sécurisantes du « Gros Navire ».

Ingrid, sans le vouloir, donne à Luc une raison supplémentaire de ne pas en sortir en lui apprenant entre deux fous rires qu'elle a divorcé au lendemain de sa nuit de noces après avoir découvert la petite chose de son mari que celui-ci avait eu le culot de lui annoncer comme la surprise du chef !

Tous les jours, en proie au harcèlement sexuel d'Ingrid, Luc vit un enfer entre les désirs qu'elle suscite en lui et l'interdiction qu'il s'impose de ne pas les assouvir.

Toutes les nuits, elle continue à le poursuivre dans des cauchemars dantesques. Il y voit ses mains de rapace arracher la petite chose à son nid protecteur ; ses yeux s'exorbiter sous l'effet de la surprise ; sa bouche se tordre de dépit avant de s'ouvrir à deux battants pour libérer un rire féroce, obscène, humiliant qui le réveille en sueur. En pleurs. En nausées. Et surtout en hurlements.

Ce sont ces bramements de cerf castré, quotidiennement répétés, qui finissent par alerter Mary Christmas sur son nuage. Elle n'a aucune difficulté – c'est l'avantage d'être fée – à en découvrir la provenance et la cause. Elle s'attendrit – c'est l'inconvénient d'être une femme – sur le sort de Luc. Elle a déjà « arrangé » plusieurs affaires de ce genre et juge qu'elle peut fort bien régler celle-là à distance. Elle se contente donc d'envoyer du bout de ses doigts de fée une pincée d'hormones de croissance à l'endroit désiré et après avoir vérifié l'efficacité de son geste se rendort.

Quand Luc émerge de son sommeil particulièrement agité cette nuit-là, il croit qu'il rêve encore. Forcément, il a fermé ses paupières sur une pauvre petite chose… et il les rouvre sur un grand machin orgueilleux ! Et même un énorme machin, car Mary Christmas a un peu forcé la dose. Il est obligé de le pincer pour se convaincre de sa réalité. Une fois convaincu, Luc commence à s'interroger sur ce qui a bien pu se passer. Faute d'une explication rationnelle, il conclut à un de ces phénomènes paranormaux, souvent relatés dans les médias et en majorité éphémères. Le sien le serait-il ? Combien de temps va-t-il en bénéficier ?

Ses spéculations sont interrompues par le timbre de son interphone.

Il se lève avec d'infinies précautions, craignant que le phénomène paranormal ne résiste pas à la position verticale. Mais si ! Il persiste. Alors, titubant de joie mais aussi à cause de son nouvel équilibre corporel, Luc se rend dans son entrée et aperçoit sur l'écran de sa vidéosurveillance la silhouette à nulle autre pareille de sa Suédoise. Elle lui a confié qu'elle ne sortait jamais de chez elle le matin ; sa visite lui paraît donc aussi insolite que providentielle et, sous le double coup de l'étonnement et du bonheur, il pose cette question stupide :

— C'est vous ?

— Oui, répond Ingrid d'une voix altérée par l'émotion. Il faut absolument que je vous voie.

Deux minutes plus tard, il l'accueille dans son sixième étage, antichambre enfin du septième ciel. L'embrasse à perdre haleine. La pétrit à perdre la raison. L'assaille à perdre l'équilibre. D'ailleurs peu après, il chute avec la Suédoise entre ses bras bien entendu et toujours agglutiné à elle, tourneboule jusqu'à la moquette du salon. Là, il la trousse comme un maquignon, se dénude comme un satyre et prend le « oh ! » stupéfait d'Ingrid pour un « ahh ! » admiratif. Mais, dans la minute qui suit, quand il tente de la pénétrer comme un hussard, il ne peut prendre son « ahhh ! » paniqué pour un « haaaa ! » extatique. D'autant moins que le « ahhh ! » en question précède de peu cet ultimatum menaçant : « Arrêtez ou je crie “au viol”. »

Luc dégrisé, redevenu lui-même – moralement

parlant –, cache sa nudité avec célérité et expose son incompréhension avec vigueur :

— Enfin, bon sang ! Pourquoi refusez-vous subitement ce plaisir auquel vous aspirez sans aucune discrétion depuis notre première rencontre et que ces derniers temps vous me reprochiez carrément de ne pas vous donner ?

— Mais à cause de votre…

— Comment à cause de mon…

Tout naturellement, Luc a évoqué son sexe décomplexé au masculin alors qu'Ingrid contre toute attente en parle au féminin :

— Elle est trop importante pour moi, je ne supporte que les petites.

— Mais qu'est-ce que vous racontez ? Vous m'avez dit exactement le contraire à propos de votre mari.

La Suédoise se met à gémir comme une pleureuse africaine et finit par avouer :

— Ce n'était pas moi !

— Ce n'était pas vous… quoi ? Qu'est-ce que vous voulez dire ?

— Je ne suis pas Ingrid. Je suis sa jumelle : Ivla.

La ressemblance hallucinante relève plus du clonage que de la gémellité.

Anéanti, Luc en reste bouche bée. Ivla en profite pour y introduire un supplément d'informations :

— Ma sœur et moi sommes rigoureusement identiques au physique, vous avez pu le constater, comme au moral : même caractère, mêmes aptitudes, mêmes goûts… sauf en ce qui concerne les gros machins. Elle en raffole. Moi je les abhorre. D'où ma réaction en découvrant le vôtre. J'ai été horrifiée, alors qu'elle, à ma place, aurait été subjuguée.

A ces mots, Luc émerge de son silence, furieux.

— Mais, bougre d'usurpatrice, qu'est-ce que vous attendez pour appeler votre sœur, lui dire de venir de toute urgence, lui expliquer…

— Hélas ! Je ne sais absolument pas où la joindre !

— Quoi ?

— Elle est partie sans laisser d'adresse.

— Quand ?

— Presque aussitôt après avoir eu connaissance de votre… particularité génitale.

— Mais comment a-t-elle su ?

— Oh ! c'est une longue histoire…

Pas si longue que ça, pour peu qu'on aille à l'essentiel : Ingrid, en manque sexuel, était entrée à tout hasard dans le sex-shop d'Habélard. Elle y avait rencontré Héloïse. Les deux femmes avaient sympathisé et de confidence en confidence avaient découvert leur commune aversion pour les « petites choses ». Ingrid avait évoqué celle de son sporadique époux. Héloïse, celle d'un vieil ami qui s'était condamné à l'abstinence totale pour ne pas « la » montrer, et ce, en dépit des femmes qui le poursuivaient, intriguées par ses dérobades perpétuelles. Ingrid n'eut pas besoin de pousser son interrogatoire très longtemps pour comprendre que le vieil ami d'Héloïse n'était autre que son cher Luc.

Elle en fut désespérée mais sachant que sa chère

Ivla serait comblée, elle, par ce qui personnellement la rebutait, elle décida de réunir les deux êtres qu'elle aimait le plus au monde et de leur offrir cette fête des sens dont par la faute de dame nature elle ne pouvait profiter.

Ivla, comme Luc, déplore que la générosité de cœur d'Ingrid ait raté son but mais en plus, contrairement à lui, Ivla accuse Héloïse de traîtrise et de perfidie :

— Elle doit être amoureuse de vous, dit-elle à Luc, elle a trompé ma sœur sur votre anatomie pour la décourager.

— Non ! s'écria Luc, Héloïse n'a pas trompé votre sœur.

— Vous rêvez ! Elle lui a affirmé que…

— Ma petite chose ressemblait à un échantillon et qu'elle n'en avait jamais vu de plus courte ?

— Oui… C'est exactement ce qu'elle a dit.

— Et c'était exactement la vérité… jusqu'à ce matin.

— Comment, jusqu'à ce matin ?

— Parfaitement. Ma petite chose s'est transformée à mon insu pendant la nuit.

C'est autour d'Ivla de rester muette et autour de Luc de répondre aux questions qu'elle est incapable de lui poser :

— Je n'ai pris aucun médicament, suivi aucun traitement, consulté aucun rebouteux, aucun chirurgien, aucun marabout, aucun sorcier. Je ne m'explique pas ce qui m'est arrivé. Pensant à Ingrid je me suis follement réjoui de ce véritable tour de magie. Mais maintenant, je considère cette métamorphose comme un tour de cochon.

— Et moi donc !

— Vous vous rendez compte de cette double malchance : j'avais de quoi vous rendre heureuse tant que j'ai fréquenté Ingrid… et j'ai de quoi la rendre heureuse, elle, aujourd'hui que je vous rencontre.

— Quel gâchis !

— Quelle connerie !

Ils se séparent avec au cœur la même rage impuissante.

Tout le jour Luc essaie de dessiner des nouveaux modèles de caleçons tricheurs pour la prochaine collection du « Gros Navire ». En vain. Il n'a plus d'inspiration : l'organe a tué la fonction !

Quant à sa nuit, elle est hantée comme d'habitude par des cauchemars, mais d'un genre différent. Il voit un groupuscule de « petites choses » terrasser une armée de « grands machins ». Il se réveille cette fois avec des braiments d'âne châtré qui remobilisent l'attention de Mary Christmas sur son nuage.

Navrée de constater que son intervention à distance n'a pas eu les effets attendus, Mary décide de descendre sur la terre pour enquêter sur place.

Elle atterrit sur l'oreiller de Luc qui baignant dans l'irrationnel depuis la veille ne s'étonne pas de l'irruption de Mary. Ni de ses activités en général, ni de son rôle dans l'affaire qui le concernait en particulier.

— Ah ! c'est vous la coupable, s'écria-t-il simplement.

— Comment la coupable ? Je n'ai voulu que vous rendre service.

Ils s'expliquent puis déplorent de concert la fâcheuse coïncidence qui simultanément a fait changer Luc et de sexe et de partenaire. Mary y reconnaît aussitôt la griffe de Monica Halloween, son ennemie héréditaire. Elle met un point d'honneur à prouver sa suprématie à cette vilaine sorcière. Illico presto, en deux coups de baguette, elle rend à Luc sa « petite chose » si amèrement regrettée.

— Voilà le mal réparé ! dit-elle un pied déjà dans l'ascenseur du ciel.

— Comment vous remercier ?

— D'une seule façon : soyez heureux avec Ivla.

C'est à ce genre de phrase qu'on s'aperçoit que Mary Christmas n'est pas une vraie femme !

Luc, qui lui est un vrai homme, se rendort et fait des rêves érotiques où Ivla et Mary se disputent ses faveurs.

A son réveil il enfouit son nez dans l'oreiller à peine creusé où s'est posée l'impondérable fée, puis plus prosaïquement le fourre dans l'annuaire des Télécom à la recherche des coordonnées d'Ivla. Il vient de les trouver quand le scénario de la veille se reproduit point par point : le timbre de l'interphone. La silhouette à nulle autre pareille de la Suédoise sur l'écran de la télésurveillance. Le dialogue stupide : « Vous ! – Oui ! Il faut absolument que je vous voie. » L'étreinte sur le palier. La chute. Le tourneboulage sur la moquette du salon. Le maquignon qui trousse. Le satyre qui se dévêt. Le hussard qui assaille. Et… le même « oh ! » stupéfait de la Suédoise, suivi d'un même

« ahhh » horrifié, suivi du même ultimatum menaçant : « Arrêtez ou je crie “au viol”. »

Horreur et malédiction ! Il dit : Ivla ! C’est Ingrid !

Comment ça Ingrid ? se demandera peut-être le lecteur attentif. Elle n’est pas partie ?

Non, lecteur attentif, Ingrid n’est pas partie : curieuse de savoir comment s’est déroulée la rencontre entre sa sœur et Luc, elle a retardé son départ d’un jour. Elle l’a carrément annulé aussitôt après avoir appris la miraculeuse transformation de l’homme de sa vie et courut chez lui, tout heureuse de connaître enfin le nirvana dans ses bras.

En fait de nirvana, elle se retrouve avec Luc dans le trente-sixième dessous.

Rassurez-vous, lecteur émotif, pas pour longtemps.

En effet, Mary Christmas, se méfiant d’une nouvelle diablerie de Monica, ne dormait que d’un œil. Au premier gémissement de son protégé, elle jette l’autre sur lui.

— Encore ! s’écrie-t-elle sans aménité. Le même procédé qu’hier à l’envers ! Ah… elle ne se renouvelle pas beaucoup, la mère Halloween !

Mary Christmas fait preuve de plus d’invention en dénouant le drame de Luc avec une pirouette que n’aurait pas osé se permettre le plus hardi des romanciers. Jugez plutôt :

Ingrid, la mort dans l’âme et dans le corps, annonce à Luc son départ, cette fois définitif, pour le Zaïre.

— Pourquoi le Zaïre ? interroge Luc.

— Je ne sais pas. C’est un nom qui m’est venu

subitement, comme si quelqu'un me l'avait soufflé.

Luc n'a aucun doute : le quelqu'un ne peut être que Mary Christmas. Il décide d'accompagner Ingrid à l'aéroport. Après quoi il ira rejoindre Ivla et lui livrer sa « petite chose »... sans jumelle !

A Roissy, Ingrid croit avoir la berlue. Luc, pas : un homme s'avance vers eux, le visage ébahi, les bras ouverts. Il ressemble à Luc comme un frère. Et pour cause ! C'est son jumeau.

Ils ne se sont pas revus depuis leur adolescence. Par la faute de Luc. Celui-ci était terriblement jaloux de son frère que, par un seul détail – vous devinez lequel –, la nature avait considérablement favorisé.

Maximilien – c'est le prénom également quatre fois plus long du frère de Luc –, Maximilien donc gratifie Ingrid d'un regard prolongé. En revanche il ne lui fait qu'un doigt de cour... très court, car il doit se rendre d'urgence dans la salle d'embarquement.

— Où allez-vous ? demanda Ingrid.

— Au Zaïre !

Luc sourit aux anges. La Suédoise manque défaillir surtout quand Maximilien ajoute :

— Je suis gorille.

— Gorille !

— Garde du corps, si vous préférez.

— Ah oui ! Je préfère, j'adore la garde rapprochée.

Luc, bien entendu, est le seul des trois à sentir au-dessus d'eux une fragrance... céleste.

Aussitôt après, Maximilien et Ingrid s'embarquent dans l'avion en partance pour le Zaïre. Grâce à la complicité d'une hôtesse de l'air – qui s'appelle bien sûr Emmanuelle – ils peuvent s'étendre… et planer. Aux dernières nouvelles, ils planent encore… bien que l'avion ait atterri depuis six mois.

Dans le même temps, Luc et Ivla découvrent avec délice leur complémentarité… à proprement parler féerique. Ils trouvent au milieu de leurs ébats le nouveau slogan publicitaire de « Gros Navire » : « Le petit rien qui fait tout. »

LA SURDIMENSIONNÉE

Il était une fois une espèce de grande chose qui rêvait d'être un petit machin. Une Walkyrie aux ambitions de Tanagra. Une comédienne fort douée qui eût été géniale dans la mère Ubu mais qui malheureusement n'aspirait qu'à jouer *La Mouette* de Tchekhov.

D'elle on aurait pu dire, comme une célèbre sociétaire du Théâtre-Français parlant d'une de ses monumentales camarades : « Ce n'est pas une femme, c'est un agrandissement ! » En effet, notre héroïne a tout de grand. A commencer par son nom. Originaire d'une grande famille du grand-duché de Holstein qui s'était repliée pendant la Grande Guerre sur ce qui serait la Grande Motte, puis était montée à Paris s'installer sur les grands boulevards, elle s'appelle Marie-Brunehilde Hauten von Largen. Nom qui eût été à l'étroit sur les affiches et les programmes de spectacles. C'est pourquoi, dès qu'elle entre dans le milieu artistique, elle adopte un pseudonyme qui d'ailleurs en dit long sur ses fantasmes : Nina (comme *La Mouette*) Bref (comme raccourci).

Le mètre quatre-vingt-huit de Nina Bref repose aussi à l'aise sur ses deux pieds que la tour Eiffel sur ses quatre et se répartit entre un corps de lutteur – mise à part sa poitrine aux générosités rubensiennes – et un visage de bûcheron. Je veux dire par là que ses traits sont taillés à coups de serpe, pas laids au demeurant : un front bien au-dessus de ses moyens de pensée ; des yeux qui à l'état normal ont l'air écarquillés ; une bouche à regretter de ne pas avoir un jeu de cinquante-deux dents ; enfin un nez largement ouvert à tous les coryzas du monde et qu'elle a pris en grippe. Ce nez en réalité pas plus démesuré que le reste, à cause de sa situation centrale, se remarquait davantage. Elle décide donc de s'attaquer à lui en premier et se rend chez le docteur Titi Tiremoy, chirurgien esthétique dont nous connaissons déjà le frère Toto.

Titi a grande réputation mais petite taille et, comme souvent les gringalets, il est exclusivement attiré par les femmes imposantes. Et Dieu sait si Nina Bref l'est ! Tant par sa stature de guerrière que par sa voix de stentor. Dès que Titi l'entend, dès qu'il la voit, il est très impressionné. Il lui vient spontanément à l'esprit un qualificatif du vocabulaire branché qu'il n'a jamais employé jusque-là, faute d'occasion : « Elle est canon, cette femme-là ! »

Il est vrai que, pour le praticien, elle possède tous les canons de la beauté. A peine sont-ils pointés sur lui qu'il se sent prêt à toutes les capitulations. C'est avec un étonnement sincère qu'il lui demande ce qu'elle peut bien avoir envie de modifier dans un physique aussi parfait.

— Tout ! tonitrue Nina sans hésitation.

Abasourdi par le coup de clairon de la réponse, le docteur Tiremoy ne peut que répéter six tons au-dessous :

— Tout ?

— Oui ! L'idéal pour moi aurait été d'avoir affaire à un chirurgien jivaro, non seulement réducteur de tête mais de corps aussi !

— Quoi ?

— Rassurez-vous ! Je sais que c'est impossible, je me suis renseignée. Je me contenterai donc pour commencer d'une réduction de mon nez.

— Pourquoi ? Il est très bien, votre nez.

— Pas à mon goût !

— Comment le voudriez-vous ?

— Mutin !

Avec un maximum de tact, Titi Tiremoy essaie de convaincre Nina qu'un nez mutin déséquilibrerait la merveilleuse harmonie de son visage de Walkyrie et conclut son argumentation par cette comparaison a priori flatteuse :

— Vous raboter le nez serait aussi sacrilège que d'étêter une tour de Notre-Dame.

Susceptible comme tous les complexés, Nina évacue Notre-Dame et retient la tour. Furieuse, elle déclare à Titi qu'elle va immédiatement s'adresser à l'un de ses confrères plus compréhensifs. Il la prévient alors que celui qui accepterait de l'opérer ne pourrait être qu'un médecin malhonnête, sans doute rayé de l'ordre et qu'elle risque une catastrophe… pas uniquement esthétique.

Quoique ébranlée, Nina refuse de renoncer à son nez mutin. Alors, le chirurgien prend dans sa menotte la paluche de la Walkyrie et par la seule force de sa volonté l'entraîne devant son ordinateur. Il fait apparaître sur l'écran le visage virtuel de Nina, d'abord tel qu'il est, puis tel qu'il serait avec un nez mutin. Elle ne peut s'empêcher de grimacer et reconnaît qu'effectivement quelque chose cloche.

— Mais ça ne vient pas du nez, s'empresse-t-elle d'ajouter, il est ravissant. Ça vient de la bouche qui proportionnellement est trop importante.

— Qu'à cela ne tienne ! Je vais vous la rapetisser, annonce le chirurgien en appuyant sur un bouton de sa machine magique.

Une seconde plus tard, Nina se voit avec la bouche en cul de poule dont elle rêve. Cependant, elle grimace derechef et explique sa déconvenue comme précédemment :

— Ça ne vient pas de la bouche ! Elle est impeccable. Ça vient des yeux qui proportionnellement ont l'air de soucoupes ridicules.

Aussitôt le docteur Tiremoy les réduit progressivement jusqu'à ce que Nina les estime, selon son propre terme, superbes. Puis elle recule un peu pour mieux juger de l'ensemble, se dévisage sous tous les angles et… pour la troisième fois grimace. Le chirurgien feint de ne pas s'en apercevoir.

— Ça doit vous plaire, dit-il avec suavité, vous avez trouvé successivement votre nez ravissant, votre bouche impeccable et vos yeux superbes.

— Oui, admet-elle, logiquement ça devrait me plaire.

— Mais en réalité ça ne vous plaît pas, n'est-ce pas ?

— Ben… c'est-à-dire que… j'ai l'impression

qu'il y a trop de place perdue… que l'encadrement est trop grand par rapport au tableau.

— Exactement ! C'est une miniature de Watteau dans le cadre de *Guernica* !

Guernica, après Notre-Dame, achève d'accabler Nina.

— En somme, glapit-elle, j'avais raison : c'est tout qu'il faudrait réduire. L'extérieur. L'intérieur. La hauteur. La largeur.

— Mais vous ne seriez plus vous-même !

— Justement ! Vous n'avez donc pas compris que c'est ça que je cherche, que je ne m'aime pas telle que je suis.

— Et vous, vous ne comprenez pas que c'est ainsi que certains vous aiment et qu'ils ne vous aimeraient pas autrement ?

— Vous dites ça pour me consoler.

— Oh ! que non ! Et si vous en voulez une preuve… moi, je vais vous la donner. Tenez !

A l'instant où le docteur Tiremoy va de gaillarde manière présenter sa preuve à Nina, Mary Christmas apparaît sur l'écran de l'ordinateur, le pousse du bout de sa baguette magique, le crève, le traverse comme s'il s'agissait d'une simple porte tambour, puis le referme derrière elle en jeune fille bien élevée.

Nina, quoique déjà étonnée par cette entrée peu courante, le fut encore davantage en constatant que le docteur Tiremoy, lui, ne l'est pas du tout et qu'en revanche il en est assez irrité :

— Qu'est-ce que tu fais là ? demande-t-il sans aménité à l'intruse. Je ne t'ai pas appelée.

— Je fais mon métier, lui répond Mary avec son sourire d'ange.

A la suite de quoi elle l'embrasse sur le front et lui glisse dans l'oreille de façon que Nina ne puisse pas l'entendre :

— Ne t'inquiète pas. J'ai tout compris : Nina et toi vous ne fantasmez pas dans le même format, ni sur le même film. C'est ça ?

— Exactement !

— Pas de problème ! Je vais arranger ça.

Comme dans la confrérie très fermée des Compagnons du Miracle la fée est sa supérieure hiérarchique, le chirurgien s'incline et se résigne à révéler à Nina Bref l'identité de la visiteuse… et sa fonction un peu particulière.

— De toute façon, s'écrie la Walkyrie, rien qu'au moyen de transport qu'elle a employé, j'avais bien compris qu'elle n'était pas de la graine de quiconque ! Mais en revanche je n'ai pas bien saisi la nature de vos relations.

C'est Mary qui la lui explique : elle a connu le docteur Tiremoy une quinzaine d'années plus tôt, alors qu'il était en traitement chez sa mère, Claire Henett : moitié psy, moitié extralucide et totalement gourou, d'origine anglaise mais de réputation mondiale.

Mary n'était à cette époque qu'une gamine mais manifestait déjà des dons surnaturels auxquels sa mère, mine de rien, avait parfois recours quand elle était en difficulté avec l'un de ses clients.

Ce fut le cas avec le docteur Tiremoy qu'elle soignait sans résultat depuis des mois pour une dépression grave due à sa petite taille.

— Vous l'avez fait grandir ? demande Nina intéressée… au plus haut point.

— Mais non, vous voyez bien.

— Alors ?

— J'ai soufflé à ma mère le remède adapté à son problème personnel : abandonner la pédiatrie qu'il avait choisie uniquement pour avoir affaire à plus petit que lui et se spécialiser dans la chirurgie esthétique où il ne rencontrerait que des personnes rongées par les complexes. Ce qui ne manquerait pas de lui ôter les siens.

— Et ça a marché ?

Cette fois, c'est le docteur Tiremoy qui répond à Nina avec un enthousiasme de ressuscité :

— Et comment ! Au dixième client, j'ai découvert le secret du bonheur : s'accepter tel que l'on est.

Nina, qui a maintes fois picoré cette poudre de perlimpinpin dans les gazettes, ne cache pas sa déception et tente de lui rabaisser son caquet que depuis sa guérison il a très haut :

— C'est très joli votre truc, dit-elle, mais il n'est pas question que je devienne chirurgien esthétique. Je n'en ai ni le goût ni les capacités. Je veux simplement jouer au théâtre *La Mouette* de Tchekhov. Point final.

Mary Christmas pose ses mains diaphanes sur les épaules robustes de Nina et ces paroles rassurantes dans son oreille angoissée :

— Faites-moi confiance, Nina. Vous jouerez *La Mouette* !

Un immense espoir traverse les yeux immenses de la Walkyrie.

— Vous allez me réduire ? Me rendre fragile ? Ethérée ?

— Pas du tout ! Vous allez dépoussiérer l'héroïne de Tchekhov.

— Dépoussiérer !

Machinalement, Nina se signe devant ce blasphème. Ce qui ne l'empêche pas d'écouter la suite avec le plus vif intérêt.

— Depuis sa création, explique la fée, on a toujours donné le rôle de *La Mouette* à des artistes chétives, des spectres ambulants comme si dans la vie seules les minces étaient romantiques... alors qu'en vérité on trouve souvent des petits bouts de femme qui sont des parangons de réalisme et des cariatides dans votre genre montées sur « semelles de vent ».

— Oh... que c'est vrai ! glousse Nina.

— Il est temps de bousculer les traditions, poursuit Mary Christmas, de casser des moules qui ne correspondent pas à la réalité. Si le Tartuffe de Molière peut être indifféremment un longiligne sournois ou un chafouin replet, je ne vois pas pourquoi *La Mouette* de Tchekhov ne pourrait pas être une corpulente insatisfaite aussi bien qu'une refoulée maigrichonne.

— Vous avez raison, je n'y avais pas pensé.

— Mais personne n'y pense ! C'est incroyable ! On envisage volontiers avec le poète que « les objets inanimés ont une âme et la force d'aimer » et on dénie ce droit aux rondelets ! Quelle injustice ! A partir de combien de kilos est-il permis, s'il vous plaît, d'avoir un cœur, de souffrir, de rêver... à la ville comme à la scène ? Pourquoi deux poids, deux carrières ? Le talent ne se pèse pas sur une balance, que je sache. Pourquoi cette discrimination arbitraire : les gros sont rigolos, les squelettiques sont romantiques ? Le contenant ne détermine pas le contenu.

Nina est aux anges. Elle se sent pousser des ailes sous les mots de Mary Christmas. Et c'est dans une belle envolée lyrique qu'elle vocifère :

— Je vais être une grosse *Mouette* ! La première de l'univers théâtral !

Elle s'y voit. Elle imagine le décor, les éclairages, les costumes, ses partenaires, plus particulièrement celui qui ferait couple avec elle, Constantin, le public, les applaudissements, la salle pleine… Là, subitement, son exaltation se heurte au concret et sa tête se courbe sous le poids de cette vérité :

— Personne ne donnera un kopeck pour monter *La Mouette* de Tchekhov avec une Walkyrie inconnue.

— Si ! répond Mary Christmas avec fermeté. Quelqu'un : le docteur Tiremoy !

— Moi ? s'écrie le chirurgien. Mais je ne suis pas producteur de spectacles.

— Tu as assez d'argent pour le devenir !

— Pas assez en tout cas pour le jeter par les fenêtres.

— Tranquillise-toi. L'affaire sera bénéficiaire. Je m'y engage.

— Dans ces conditions…

— Marché conclu ! Te voilà producteur !

— D'accord ! Mais je te signale que je ne connais rien au théâtre.

— Tu connais le principal : une directrice. Et qui plus est, une directrice reconnaissante depuis que sur son visage tu as réparé des ans l'irréparable outrage… grâce à mon aimable collaboration, je te le rappelle.

— Georgette Phèdre ?

— Evidemment !

— Manque de chance ! Elle ne veut accueillir dans son théâtre que les pièces comiques. Les seules qui, selon elle, arrivent à remplir sa salle.

— Tu n'auras qu'à lui dire que pour le rôle de Constantin on est prêt à engager son beau-fils Hippolyte Beaumec, elle changera d'avis.

Nina se permet de rappeler que le Beaumec en question appartient à la catégorie des éphèbes évanescents et d'insinuer qu'elle serait plus à l'aise avec un jeune premier d'un gabarit mieux assorti au sien.

Mary Christmas admet le bien-fondé de l'argument, promet de régler ce problème le moment venu, avertit Nina que ce moment lui paraîtra peut-être long à venir, mais qu'il viendra, à coup sûr… à condition qu'elle lui fasse confiance aveuglément.

— Si par hasard vous vous mettiez à douter de moi, je vous abandonnerais à votre frêle damoiseau.

Ce disant, Mary Christmas se dirige vers l'ordinateur et pointe sur l'écran sa baguette magique. Une affiche s'y inscrit aussitôt. On peut y lire :

Le Théâtre des Bouffes-du-Sud
Direction : Georgette Phèdre
et les productions Titi Tiremoy
présentent

LA MOUETTE
d'Anton Tchekhov

dans une nouvelle présentation d'A. Nonyme
avec

Nina BREF
et Hippolyte BEAUMEC

La Walkyrie et le chirurgien émerveillés se précipitent ensemble vers Mary Christmas pour l'embrasser. Mais elle leur file entre les bras juste au moment où ils allaient la rejoindre, de telle façon qu'ils doivent se retenir l'un à l'autre pour ne pas tomber. C'est leur première étreinte. Mary qui sait que ce ne sera pas la dernière les enveloppe d'un regard à la fois égrillard et envieux. Que voulez-vous ? Pour être fée, elle n'en est pas moins femme.

Comme le couple reste enlacé, avec discrétion elle soulève l'affiche et s'en va… comme elle est venue.

L'affiche, retombée derrière Mary Christmas, reste sur l'écran de l'ordinateur jusqu'au jour où sa reproduction – agrandie et sur papier – est tirée à des milliers d'exemplaires, puis collée sur les colonnes Morris et aux portes des Bouffes-du-Sud.

L'affaire s'est montée sans la moindre difficulté. Georgette Phèdre, ravie de pouvoir amortir enfin son lifting sur la poitrine – entre autres – de son jeune amant, a tenu à partager toutes les responsabilités financières avec le docteur Tiremoy.

Le chirurgien, ravi de cette association inespérée, a accepté que Phèdre selon son vœu mette en scène la pièce. Il n'a qu'à se féliciter de son travail et de sa diplomatie.

Hippolyte, ravi, lui, de jouer en vedette, se révèle pour Nina un partenaire idéal, ne cessant pendant les répétitions de l'encourager et attendant toujours qu'elle soit loin pour la traiter de « gros tas grotesque ».

Quant à Nina, ravie à la fois par les beautés du texte de Tchekhov et par les bontés du docteur Tiremoy, elle ne touche plus terre. Façon de parler bien sûr car en fait, du matin au soir, elle arpente la scène de son pas pesant et écrase son partenaire, du haut de sa grandeur, de l'ampleur de ses gestes, du volume de sa voix. Dans son for intérieur (qu'entre parenthèses elle écrit fort intérieur par une cruelle autodérision), dans son for intérieur donc, elle continue à regretter qu'Hippolyte ne soit qu'un grêle greluchon. Mais toujours confiante en Mary Christmas, elle attend que celle-ci pallie ce handicap.

Néanmoins, au fil des jours, sa confiance s'est quelque peu effritée et le soir de la première elle est résignée à ce que rien ne vienne changer le cours normal des choses.

Avant le lever du rideau elle essaie de se donner du courage : « Après tout, ma petite (elle s'appelait « ma petite » toujours dans son for intérieur), tu vas réaliser le rêve de ta vie : jouer *La Mouette*.

Même si ce n'est pas dans les meilleures conditions, qu'importe ! Le rêve est là. Tu dois t'en réjouir. Tu dois garder le moral. »

Elle le garde. En revanche elle perd la voix pendant trois secondes à son entrée en scène en se trouvant devant un Hippolyte qui a doublé de volume.

Miracle sur les planches des Bouffes-du-Sud : le grêle est devenu gros ! Les deux créatures wagnériennes se mettent à roucouler du Tchekhov.

Miracle dans la salle des Bouffes-du-Sud : le premier moment de surprise passé, le public hurle de rire.

Miracle dans la presse : les critiques unanimes s'extasient sur l'originalité de cette relecture de *La Mouette* et saluent la performance des acteurs. Chacun a sa part d'éloges, mais celle de Nina est la plus grande de toutes.

Elle la dévore comme une affamée. Elle oublie qu'elle a eu d'autres appétits, d'autres envies. D'où qu'il vienne, sous quelque forme qu'il se présente, le succès est un puissant analgésique. Elle oublie aussi ses complexes de Walkyrie. Entre deux représentations triomphales, entre deux éclats de rire, Nina donne au docteur Tiremoy une petite fille ravissante et fine comme un Tanagra.

Quand le couple et l'enfant reviennent de la maternité, Mary Christmas les attend sur l'écran de l'ordinateur. Elle n'a d'yeux que pour la jolie miniature dans son nid d'ange :

— Bravo ! dit-elle aux parents, elle a une bonne tête de fée, ma filleule.

LE MAL-AIMÉ

Il était une fois un mari aimant qui aurait tout donné pour être le chien de sa femme. Il faut dire qu'Olympe Curtillard nourrissait dans son sein – triomphant – une passion pour son yorkshire digne de susciter l'envie de n'importe quel conjoint, même moins épris que ce pauvre Edouard... appelé si justement par ses amis Doudou.

Jugez plutôt : cette année-là, le protocole canin exigeant que les noms de tous les yorks nouveau-nés aient un Z pour initiale, Olympe décida de baptiser le sien Zeus. Doudou lui fit remarquer timidement que l'animal, avec sa tête de peluche et ses sautillements de jouet mécanique, s'accommoderait mieux d'un nom moins imposant. Il proposa Zoupinet, Zeste, Zinzin, Zapping. En vain. Mme Curtillard, incisive de nature, ne voulut pas en démordre et déclara avec moins d'humour que de provocation :

— Ce sera Zeus : le dieu d'Olympe.

Et de fait, l'animal le devint. Olympe se mit à lui vouer un véritable culte et se livra à une espèce d'épuration ethnique sur les gens de son entourage : les impies qui n'adoraient pas Zeus étaient aussitôt chassés du foyer Curtillard. Doudou, qui adorait sa femme, n'eut pas d'autre solution pour rester auprès d'elle que de partager sa dévotion. Ou du moins de faire semblant. Car, en vérité, il détestait les yorkshires en général et celui-ci en particulier, qu'il trouvait terriblement cabot. Il dut accepter sa présence jusque dans le lit conjugal où le chien, niché entre les seins – orgueilleux – de son épouse, la lui rendait quasiment inaccessible. Edouard avait bien essayé la première nuit d'aborder le problème par la face sud : les pieds d'Olympe. Mais à peine avait-il franchi le cap stratégique du genou que le yorkshire s'était mis à hurler, façon « doberman affamé ». La gaillarde Mme Curtillard en avait fondu d'attendrissement dans l'oreille de son garde du corps :

— Oh ! mon trésor, tu ne veux pas qu'on touche à ta maîtresse, hein ? Mais oui ! Je comprends bien : tu as peur qu'on te la prenne ! Mais, rassure-toi, il n'y a pas de danger. Je te le promets : papa ne recommencera plus... Tu ne me crois pas ?

Comme Zeus continuait à aboyer, Olympe s'adressa à son mari :

— Zeus ne me croit pas. Il faut que tu lui dises toi-même.

— Quoi ?

— Que tu ne vas pas recommencer.

— Recommencer quoi ?

— Tes travaux d'approche.

Doudou, docile, s'exécuta. Zeus se calma et conclut sa crise de jalousie par un soupir satisfait auquel Olympe répondit le plus naturellement du monde :

— Moi aussi, je suis bien contente !

Le chien soupira de nouveau.

— Tu as raison, lui dit Olympe, il est temps de dormir.

Doudou se prit à penser que sa femme était bilingue : elle parlait le français et le yorkshire. Elle le lui confirma le lendemain matin et en prime lui donna cette précision :

— J'ai quelques difficultés avec la langue teckel, l'idiome chiwawa et surtout le patois breton, employé par certains épagneuls… En revanche, je maîtrise sans problème le yorkshire.

— Je m'en suis aperçu hier soir.

— Ah ! ce n'est rien, ça. Tu vas voir, je suis capable de traduire en simultané tout ce qu'il dira avec ses yeux, ses oreilles, ses narines, sa croupe, sa queue et bien sûr ses aboiements.

C'est ainsi que Doudou apprit qu'il allait devoir désormais cohabiter avec un chien sous-titré ! Epreuve qui se révéla d'autant plus rude qu'il était sous-titré avec malhonnêteté par une femme dont les traductions visaient systématiquement à défendre les intérêts de son dieu… et les siens !

Ainsi Zeus, en pleine forme, avait-il envie de courir le guilledou alors qu'Olympe était fatiguée ? Elle s'empressait d'annoncer à Edouard, comme s'il s'agissait d'une merveilleuse nouvelle :

— Zeus veut absolument que ce soit toi qui le sortes. Il dit que ce sont des affaires d'hommes. Ce qu'il est drôle !

Zeus avait-il renversé un vase de fleurs ? Elle s'écriait, l'éponge déjà à la main :

— C'est ma faute ! Je lui avais demandé de

chasser une guêpe qui voulait me piquer. Il s'est précipité, tête baissée, pour me défendre. Quel amour !

Avait-il déchiqueté les pantoufles d'Edouard ? Olympe expliquait aussitôt :

— Il n'a pas trouvé son os en caoutchouc et, comme il n'a pas osé nous déranger en nous le réclamant, il s'est contenté de tes chaussons. Quel trésor !

Aboyait-il comme un forcené chaque fois qu'elle ou Edouard se levaient de leur siège ? Elle s'attendrissait :

— Il a peur qu'on s'en aille et qu'on l'abandonne. Ce qu'il peut être sensible !

Avait-il souillé d'une façon ou d'une autre – ou des deux – la moquette corail du salon ? Elle lui prêtait cette excuse étonnante :

— Il est daltonien. Il s'est cru sur du gazon vert. Il est confus. Pauvre chou !

Inutile de continuer, vous avez compris : quel que fût le méfait commis par Zeus, Olympe le justifiait, le pardonnait et, pire encore, s'en émerveillait.

Comme Doudou aurait aimé que sa femme lui témoignât la même indulgence ! Qu'elle se transformât pour lui aussi en parangon d'injustice ! Qu'elle s'inquiétât au moindre de ses soupirs ! Qu'elle s'extasiât sur la moindre de ses mines ! Qu'elle le cajolât ! Le flattât ! L'admirât ! Et par-dessus tout l'accueillît dans son sein marmoréen. Bref, comme Edouard aurait aimé être à la place de l'irremplaçable Zeus !

Au fil des mois, cette envie tourna à l'obsession et l'obsession à la déprime.

Curtillard était en train de sombrer dans l'alcoolisme quand il alla consulter Claire Henett, la mère de Mary Christmas. Celle-ci avec une adresse digne de Nostradamus lui annonça « une très prochaine et salvatrice irruption du surnaturel dans sa vie ». Dès que la consultation fut terminée, elle appela Mary et lui donna carte blanche pour réaliser sa prédiction.

La fée, encore novice, encore éblouie par ses pouvoirs, choisit d'intervenir de façon spectaculaire.

Une nuit où seul dans sa cuisine Curtillard débouchait sa troisième bouteille de bordeaux, Mary en sortit par le goulot, lyophilisée dans un paquet en Cellophane, puis elle creva son emballage avec son ongle pour reprendre des proportions humaines. Par curiosité, elle jeta un coup d'œil sur l'étiquette du vin. C'était du château-lafay : ça ne s'invente pas !

Le pauvre Doudou, devant cette apparition, se crut en proie à une crise de delirium tremens – mais très doux – où, au lieu de voir des rats gris et grouillants, on voit des souris blondes et souriantes.

— Bonjour, Edouard, lui dit Mary d'une voix céleste.

Curtillard se souvint alors de la prédiction de Claire Henett :

— Ah ! C'est vous la préposée au surnaturel qu'on m'avait annoncée ?

— C'est moi, en effet. Je suis une fée. Mon nom est Mary Christmas.

L'esprit embrumé par l'alcool, Edouard ne s'étonna pas outre mesure. Il enchaîna le plus naturellement du monde :

— Enchanté ! Vous êtes venue pour quoi au juste ?

— Exercer mon métier, pardi !

— C'est-à-dire ?

— Exaucer votre vœu le plus cher et le plus irréalisable : devenir le chien de votre femme.

— Comment êtes-vous au courant ?

— J'ai toute une liste de renseignements vous concernant sur la fiche de mon entreprise.

— Quelle entreprise ?

— SOS Miracle.

Là, Curtillard eut quand même dans l'œil une étincelle de surprise, mais suivie de près par une flambée d'espoir.

— Vous pensez vraiment que d'un coup de baguette vous pourriez – pffft ! – me transformer en yorkshire ?

— Evidemment ! répondit Mary. Ce n'est pas plus difficile que de transformer un crapaud en prince charmant ou une citrouille en carrosse. C'est l'abc du métier.

Convaincu par cette belle assurance, Curtillard se montra aussitôt impatient :

— Alors, qu'est-ce que vous attendez pour faire de moi un super-dog ?

— Que vous me confirmiez que c'est bien là votre souhait numéro un.

— Je vous le confirme. Je n'en ai pas d'autre.

— Vraiment ?

— Vraiment.

— J'insiste. Réfléchissez bien. Je vous préviens : quand c'est fait, c'est fait. Pas moyen de revenir en arrière.

— J'espère bien !

— Alors, Edouard, tope là ?

— Tope là, Mary Christmas !

Edouard tendit à la fée sa main de gentleman… et se retrouva une patte en l'air dans la peau et les poils d'un york, avec sur le sommet du crâne une barrette où scintillaient trois étoiles en strass : le sceau privé de Mary.

Curtillard voulut se pincer, vérifier qu'il ne rêvait pas. Mais je t'en fiche ! Le coussinet de sa patte droite glissa sur la toison soyeuse de la gauche. Il voulut dire : « Merde alors ! », il dit : « Ouah ! Ouah ! » Une seconde plus tard, il entendit sa femme sursauter dans leur lit et sentit les exhalaisons de sa moiteur nocturne… alors que d'habitude il n'avait ni l'ouïe ni l'odorat très aiguisés. Aucun doute n'était plus possible : il était bel et bien un chien et Mary Christmas une fée.

Peu après ce constat qui cette fois le stupéfia, il vit arriver Olympe dans la cuisine, en chemise de nuit, avec Zeus blotti sur son sein – toujours aussi triomphant vu d'en bas. Dès qu'elle aperçut le nouveau yorkshire, elle succomba à son charme. Il faut reconnaître que, si en homme Edouard était assez quelconque, en chien il était supercraquant : la virilité de sa démarche séduisait, l'humanité qui émanait de son regard fascinait. Il n'eut pas plus tôt levé ses yeux sur le sein d'Olympe – toujours orgueilleux même sous cet angle – que pâmée, elle s'écria : « Mon Dieu ! »

Toute à l'ivresse de sa découverte, elle ne chercha pas d'où venait le peluchon bis, ni pourquoi il portait une barrette étoilée. Elle décréta tout bonnement qu'il était un cadeau du ciel et avec logique décida sur-le-champ de l'appeler Jésus. Ulcéré, Zeus clama aussitôt sa désapprobation à haute et assourdissante voix. Olympe pour la première fois le rabroua sèchement :

— Ah non ! s'écria-t-elle, je t'en prie ! Tu ne vas pas être jaloux. Ça suffit avec l'« autre ».

Doudou-Jésus (ex-Curtillard) fut dans le même temps ravi d'être jalousé par Zeus et peiné d'être dédaigneusement dénommé l'« autre » par celle qu'il considérait toujours comme sa femme. Quelle déception aussi pour lui de s'apercevoir les jours suivants qu'elle attachait beaucoup plus d'importance à sa présence en tant que chien qu'à son absence en tant que mari. Quelle humiliation de constater qu'elle négligeait de signaler sa disparition à la police. Elle finit quand même par s'y résoudre.

Le hasard voulut qu'une semaine plus tôt on ait retiré de la Seine non loin du quai Malaquais où habitaient les Curtillard un cadavre défiguré, jusque-là ni réclamé ni identifié. Olympe, dans la foulée, se rendit à la morgue, jeta un œil distrait sur le visage monstrueusement ravagé du noyé, affirma qu'il s'agissait de son mari, entra d'un pas léger dans le premier magasin de pompes funèbres qu'elle rencontra, y traita des problèmes toujours un peu délicats des obsèques avec une effarante désinvolture. Elle réussit même à choquer le directeur de l'établissement, pourtant habitué à en voir de toutes les couleurs… en dehors du noir, en lui commandant le cercueil du *de cujus* comme à un comptoir de bistrot :

— Du sapin non verni. Des poignées sans fioritures et une couronne de zinnias, une !

Mary Christmas, qui observe la scène de son mirador étoilé, entend le cœur d'Edouard tressaillir sous les poils de Jésus. Elle comprend son erreur :

— Jamais je n'aurais dû donner à Curtillard l'apparence d'un york en lui laissant son mental et ses sentiments d'homme. Au lieu d'être un plus, comme je l'ai pensé, c'est un moins !

Mary est navrée. Elle devient même inquiète, redoutant que Jésus ne survive pas à son enterrement ! Enfin… à celui du faux Curtillard.

Comme Olympe n'a envoyé aucun faire-part, qu'on est le 31 juillet en pleine transhumance vacancière et qu'en outre il fait une chaleur… à crever, personne n'assiste à la cérémonie. Olympe se retrouve donc seule derrière le corbillard sur le chemin du cimetière. Faute de se tamponner l'œil qu'elle a sec comme un désert, elle essuie la sueur qui perle entre ses seins – toujours de marbre, eux ! Pas comme la stèle prévue pour le malheureux Edouard ! Comble de mauvais goût, elle a cru bon d'emmener ses deux chiens, histoire de leur dégourdir les pattes.

Zeus, frétillant, agite les grelots de son collier écossais.

Doudou-Jésus suit en gémissant ses propres funérailles au bout de la laisse tenue par sa veuve !

Situation, vous en conviendrez, peu commune et, dans le cas de l'ex-Curtillard, particulièrement éprouvante. Mettez-vous à sa place – dans la mesure de vos moyens bien entendu –, à la place d'un homme qui entend sa femme lui murmurer dans son oreille de chien :

— Il ne faut pas être triste, mon Jésus. Regarde-moi : je ne le suis pas ! Au contraire ! Je suis contente de ne plus avoir de mari. Surtout celui-là ! Tu vas voir comme on va être heureux sans lui.

A ce moment-là, Mary redoute vraiment le pire. Mais non ! Jésus se contente de traduire le désespoir de Doudou, d'abord en glapissant comme un fox en mal de terrier, ensuite en tirant une tronche de lévrier au régime. Et ce, en dépit de tous les efforts d'Olympe pour lui remonter les babines et le moral. Elle ne tarde pas à s'inquiéter de cette morosité permanente et pour elle inexplicable. Elle traîne Doudou-Jésus jusqu'au divan d'un psy pour chiens. Après avoir analysé les soupirs et les silences de son client (car il est impossible de lui tirer un seul aboiement), le Freud canin diagnostique une dépression profonde et prescrit une surdose de tendresse, administrée loin de tout regard jaloux ou moqueur.

Mme Curtillard suit cette prescription avec célérité et rigueur. Elle met Zeus en pension chez sa cousine Bette – Betty de son vrai nom. Une joyeuse et jolie créature qui s'est installée avec humour rue Balzac et y tient une boutique de toilettage à l'enseigne « Au bonheur des chiens » ainsi qu'une arrière-boutique à l'enseigne clandestine « Au bonheur des hommes ».

Ainsi Olympe peut se consacrer entièrement à Doudou-Jésus. D'un bout de la journée à l'autre, elle le presse sur son sein – toujours d'une fermeté incroyable –, sollicite ses baisers, le couvre de caresses, prépare ses plats préférés, cède à tous ses caprices, le choie, le gâte, le couve encore cent fois plus que le Zeus qu'il a envié naguère.

Si Olympe s'en était tenue à ces seules marques d'affection débordante, il est certain que Doudou-Jésus aurait fini par lui pardonner et même à être heureux avec elle. Hélas ! Elle pécha par excès de zèle : comme elle avait remarqué que Jésus dressait les deux oreilles chaque fois qu'incidemment elle évoquait un souvenir de Doudou son défunt mari, elle crut lui faire plaisir en lui en parlant de plus en plus souvent, avec de plus en plus d'agressivité et de mauvaise foi. Elle travestit ses qualités en défauts : sa douceur en mollesse ; sa patience en lâcheté ; son esprit de conciliation en manque de caractère. De fil en aiguille, elle en vint à lui décrire son passé conjugal comme un monument d'ennui et, pire encore, ses ébats amoureux comme des chemins de croix. Elle l'abreuva même sur ce sujet de détails sordides servis avec des mots crus et des mines répugnantes. Doudou-Jésus se demanda comment il avait pu aimer à la folie –

car c'en était bien une d'avoir voulu être son chien – une femme aussi vulgaire, aussi impudique.

Bien sûr, à sa décharge, Olympe croit s'adresser à un york ordinaire, incapable – si intelligent soit-il – de saisir la salacité de ses propos. Mais Doudou-Jésus pense, lui, qu'on ne doit pas confier de telles horreurs même à un chien, même à une puce de chien. Alors, en l'écoutant, Doudou vit un enfer pendant qu'à l'extérieur de lui-même, Jésus vit un paradis. Douloureux antagonisme ! Difficile équilibre ! Sans le vouloir, Olympe y met un terme en avouant un jour à son Jésus que Doudou aurait mérité d'avoir l'Oscar du meilleur cocu !

C'en est trop. L'homme et le chien se réunissent. Le premier venge son honneur avec les moyens du second. Ce dernier, brusquement, laboure les joues et le nez d'Olympe avec ses griffes, lui arrache la moitié d'une lèvre et enfin lui lacère les seins… ces fameux seins qui siliconés jusqu'à la garde perdent en une seconde leur insolente fierté. De pommes qu'ils étaient, ils deviennent courgettes en moins de temps qu'il en faut pour dire : « Grotesque ! »

C'est ce dernier outrage qu'Olympe ne pardonne pas à son yorkshire chéri. Folle de rage, soutenant sa pantelante poitrine d'une main, de l'autre elle se saisit de son chien et le balance par la fenêtre. Heureusement, Jésus, commandé par le cerveau de Doudou, a chapardé au passage le soutien-gorge d'Olympe et les pattes dans les bretelles s'en sert comme parachute.

Jésus atterrit sans encombre sur le trottoir, renifle l'air – toujours sur l'ordre de Doudou – et ainsi retrouve rapidement le chemin de la rue Balzac, puis la boutique « Au bonheur des chiens ».

Le tandem Doudou-Jésus fonctionne maintenant en parfaite harmonie. Le cœur et l'esprit de l'un bénéficient des pattes et du flair de l'autre. De son charme aussi. La joyeuse et jolie cousine Bette y a été sensible comme tout le monde lors de leur première rencontre, quand Olympe est venue lui confier l'horrible Zeus. Elle n'a oublié ni sa démarche virile ni son regard humain. Elle le reconnaît dès qu'il lève ses yeux sur ses seins menus et mouvants. Intuitivement, elle comprend qu'il n'est pas comme les autres et lui réserve un accueil spécifique. Un accueil digne d'un roi. D'aillcurs, elle le rebaptise Prince. Elle s'empresse d'aller rendre à Olympe, couverte de sparadrap, son Zeus couvert de boutons urticants surgis subitement au retour de Doudou-Jésus.

Ce dernier s'attache très vite à sa nouvelle maîtresse, tellement plus subtile que l'ancienne : sa femme. Betty, elle, sait le valoriser. Le donne en exemple aux autres chiens qui fréquentent son établissement. Lui répète qu'il mérite l'Oscar du meilleur compagnon. L'entoure de prévenances, mais lui laisse toute son autonomie. Ainsi elle lui offre le refuge de ses seins – aux mollesses rassurantes – mais seulement quand il le désire. Elle le prend aussi pour confident comme Olympe, mais elle, elle ne lui raconte que des souvenirs innocents et heureux. De ses aventures amoureuses pas un mot. Sauf le soir de Noël.

Il y a trois mois que son Prince charmé vit avec

elle. Il dort dans son grand lit à ses côtés, mais sur son oreiller à lui.

Exceptionnellement, ce 24 décembre, aux abords de minuit, elle le prend sur son sein. Elle lui avoue qu'elle est restée célibataire parce qu'elle n'a pas pu épouser le seul homme qu'elle ait jamais aimé : le mari de sa cousine Olympe, Edouard !

— Moi ! aurait voulu s'exclamer le yorkshire.

— Ouah ! soupire-t-il avec un regard de tendresse infinie.

La joyeuse et jolie cousine Bette en est bouleversée au point qu'elle ne peut retenir ses larmes. Elles tombent sur la barrette étoilée de son Prince.

Par miracle – c'est le cas ou jamais de le dire – elles résonnent jusque dans les oreilles de Mary. Celle-ci alerte immédiatement son père qui, sa hotte sur le dos, son uniforme rouge et sa barbe blanche flottant au vent, effectue sa grande tournée de Noël.

Dès que sa fille lui a expliqué les tenants et les aboutissants de l'affaire Curtillard, il s'écrie gaillardement :

— Mais bon sang de bois ! Tout ça est ta faute ! Edouard Curtillard voulait être un chien à part entière, pas un homme en peau de toutou !

— Je sais bien, mais je l'ai compris trop tard et je suis terriblement ennuyée.

— C'est bon, Mary ! Je vais arranger ça.

— Oh ! Merci, papa !

— Ce sera ton cadeau de Noël.

Un cadeau inespéré et inimaginable… même par une fée : la jeune et jolie cousine Bette qui s'est endormie entre les pattes de son yorkshire se réveille dans les bras de son Edouard.

Sur l'oreiller de Prince ne reste que sa barrette étoilée. Sous sa protection, le couple connaît un bonheur… hors du commun. C'est la moindre des choses !

LA TROP GÂTÉE

Il était une fois une gâtée de l'existence, une bénie des dieux, une dont chacun s'accordait à dire : « Celle-là, les fées ont squatté son berceau ! » Mieux ! Chacun le disait sans aigreur car en plus de tous ses privilèges notre héroïne avait celui de se les faire pardonner. Mieux encore ! Elle le disait elle-même, soit dans un langage « cachemire-soie » quand elle s'adressait à son Gonzague d'époux : « J'ai trois étoiles dans le Michelin de la chance ! », soit dans un langage « basket-jeans » quand elle s'adressait à sa Zouzou de copine : « Je l'ai vraiment bordé de médailles ! » Ce qui prouve à la fois son éclectisme et sa lucidité.

Bébé sans bobo, fillette sans problème, adolescente sans complexe, jeune fille sans révolte, notre héroïne glissa jusqu'à sa majorité sur un tapis de roses entre des parents unis, aisés, compréhensifs et un frère aimant, joyeux, admiratif. En outre, admiratif de son talent. Car bien sûr elle en avait un : celui de peintre surréaliste.

Elle témoignait dans cet art d'une facilité et d'une fantaisie époustouflantes.

Son frère, lui, eut le talent de découvrir celui

de sa sœur et l'idée de l'exploiter au mieux de leurs intérêts communs et de leurs goûts respectifs.

— Tu es une artiste à l'état pur, dit-il un jour à sa sœur. En plus, tu es une timide qui déteste l'agitation médiatique. Moi, au contraire, je suis un marchand-né. En plus, je suis un extraverti qui a le don de la communication. Pourquoi ne pas unir nos qualités ? Tu peindrais des tableaux. Moi je les signerais et j'en assurerais la promotion ainsi que la vente.

La jeune fille – Blanche de son prénom – adhéra avec enthousiasme à la suggestion de son frère, Bruno. Elle lui demanda même pour préserver davantage son anonymat de signer ses œuvres sous un nom d'emprunt, sans aucun rapport avec le leur. Bruno accepta d'autant plus volontiers qu'ils s'appelaient Rembrant, patronyme qui même allégé d'un « d » est lourd à porter pour un peintre.

Blanche et Bruno choisirent d'un commun accord un pseudonyme simple et primesautier : « Pinceau ». Sans prénom. Sans rallonge. Pas Casimir Pinceau. Pas Pinceau-Palette. Non ! Juste Pinceau.

Ils rêvèrent ensemble de lire ou d'entendre : « Pinceau, c'est l'enfant qu'aurait pu avoir Dali avec Magritte. » Ou encore : « Wildenstein a acheté le dernier Pinceau ! »

Ce rêve devint très vite réalité. Le frère et la sœur se félicitèrent tous les jours de leur arrangement et de leur complicité : elle peignait dans le calme. Il vendait avec frénésie. Ils riaient ensemble. Le bonheur, quoi !

Sur le plan du sentiment – avec un petit « s »

comme pour sexe – Blanche connut la même félicité : après quelques aventures sans lendemain mais non sans charme, conclues sans cris ni regrets, elle était tombée follement amoureuse de ce Gonzague qui représentait dans la catégorie « conjoint » le top du rapport qualité-prix, et qui considéra comme inespéré d'épouser Blanche pour le meilleur et pour le pire.

Bien entendu, les jeunes mariés ne connurent que le meilleur : des jours où la tendresse mijotait à feu doux et des nuits où la passion bouillonnait à feu vif.

De cette union parfaite naquit une paire d'enfants dépareillés mais pareillement exquis : un doux blondinet et une dynamique brunette. Leurs parents ne les virent jamais que propres, souriants, gazouillants, pétants de santé, bref : à croquer ! Une nurse suisse étant payée – fort cher – pour les voir, elle, sales, grognons, hurlant et malades, bref : à jeter !

A vingt-cinq ans, Blanche, devenue une épouse épanouie, une mère sereine, tout en gardant ses avantages acquis et innés, possédait donc vraiment tout ce dont une femme peut rêver : la jeunesse, la beauté, la santé, la fortune, l'amour sous toutes ses formes – parental, conjugal, fraternel, filial – … et une gloire taillée à la mesure de ses goûts : sans les servitudes, assumées par son frère, et avec la satisfaction intime de l'avoir refusée.

Que pouvait-elle désirer de plus ?

Cette question voletait depuis un certain temps dans le crâne de Blanche – plutôt façon moustique que façon papillon – quand un jour, brusquement, cette idée s'y fixe et n'en décolle plus. La raison en est anodine : Blanche a éternué. La nurse suisse lui a répondu : « A vos souhaits ! » Blanche, surprise, s'est entendue lui répondre : « En avoir un ! » La nurse suisse heureusement n'a pas compris. Mais Blanche, elle, a tout de suite perçu le sens de sa réponse et s'en est inquiétée : « Quelle abomination ! a-t-elle pensé, j'en suis arrivée à ne plus souhaiter rien d'autre que d'avoir un souhait ! J'en suis arrivée à envier ceux chez qui je suscite l'envie ! »

A partir de ce constat, elle vit son état pléthorique comme une frustration. D'autant plus pénible qu'avec lucidité elle la juge incompréhensible par tous, voire choquante. Elle la cache à tout le monde comme une tare, comme une anormalité. Même à son frère qui, lui, a gardé l'insatiabilité des enfants. Même à son Gonzague si attentionné. Elle juge indécent de lui avouer que plus il la comble, moins elle est heureuse, que trop de bonheur tue le bonheur. C'est pourquoi elle frémit quand, au retour d'un séjour divin dans un endroit paradisiaque, Gonzague lui demande :

— Qu'est-ce qui te ferait plaisir pour Noël ?

Prise de court, Blanche gagne du temps :

— Oh ! s'exclame-t-elle, il est beaucoup trop tôt pour y penser. Les magasins ne sortent pas leurs trésors avant novembre !

— C'est vrai, reconnaît Gonzague. Ça te laisse quinze jours. Mais, en attendant, tu peux réfléchir à ma question.

Blanche fait mieux. Elle la pose aux personnes de son entourage avec l'espoir que leurs idées lui en fourniront une. Elle est frappée par la rapidité de leurs réponses et par les regards illuminés de convoitise qui les accompagnent. Elle apprend ainsi que son père – M. Rembrant – rêve d'un Bruegel. Sa mère d'un short en cuir avec des fesses qui iraient dedans. Son frère d'une chaîne de télévision. La nurse suisse de deux nurses suisses. Zouzou d'un manteau réversible chinchilla-lapin. Linda, la cuisinière portugaise, d'une auberge espagnole. Alberto, le chauffeur italien, d'une écurie de courses.

Rien dans ces aveux dont Blanche puisse s'inspirer. Elle voit avec angoisse juste après la Toussaint les vitrines s'habiller pour les fêtes, les magazines se gonfler de suppléments cadeaux et son mari se pointer avec sa tendre sollicitude :

— Alors, mon ange, as-tu enfin rédigé ta liste pour le Père Noël ?

Ciel ! Gonzague parle d'une liste de cadeaux et elle n'est même pas capable d'en aligner un seul. Heureusement qu'elle a préparé la parade :

— Non, répond-elle précipitamment, je n'ai pas eu le temps. Je suis obsédée en ce moment par la vision d'un tableau que je n'arrive pas à réaliser.

Instruit par elle des exigences de la création… et du créateur (ou de la créatrice), Gonzague relègue son Père Noël pour s'intéresser à la muse de sa femme :

— Tu veux représenter quoi sur ton tableau ?

— Une fée en blue-jean avec un hennin étoilé.

Habitué à la folle imagination de son épouse, Gonzague ne s'étonne pas de sa réponse. En revanche, elle, oui ! Car en vérité cette idée a jailli dans son esprit avec la soudaineté d'un geyser.

Quelques instants plus tard son étonnement se mue en stupeur quand rentrant dans son atelier elle découvre le personnage qu'elle vient d'inventer à l'intention de son mari. Elle croit à un mirage, constate – *de tactu* – qu'il n'en est rien et s'enquiert de l'identité de l'insolite intruse.

Mary Christmas – car c'est elle évidemment – sort de sa baguette magique une carte de visite saupoudrée de poussière d'étoiles et la tend à Blanche. Celle-ci, très sensible au surréalisme, est enchantée d'y lire le nom et la fonction de sa visiteuse, qui constitue à elle seule une preuve flagrante de la possible cohabitation du réel et de l'irréel. Elle est également enchantée que Mary satisfasse sa curiosité sans attendre qu'elle la lui manifeste :

— Je suis venue ici, dit la fée, parce que je déteste le gâchis. Je ne supporte pas que quelqu'un ait comme vous tous les atouts dans son jeu et qu'il ose se trimballer avec un moral à zéro.

— Mais je ne le supporte pas non plus. Je me culpabilise. Je m'engueule.

— A la bonne heure !

— Je vais jusqu'à me dire que je mériterais qu'on m'enlève tout ce qu'on m'a donné !

— Eh bien, pour ne rien vous cacher, j'ai essayé.

— Ah bon ?

— Mais je n'ai pas pu y arriver.

— Comment ça se fait ?

— Je suis bloquée par une sorcière.

— Monica Halloween ?

— Comment avez-vous deviné ?

— Il n'y en a pas trente-six !

— C'est juste. Eh bien, figurez-vous que cette nécromancienne a parié avec le diable qu'elle vous acculerait au suicide par excès de félicité.

— Quelle horreur ! Et, le pire, c'est qu'elle est en train de gagner son pari.

— Je le sais bien. C'est pourquoi, comme en haut elle me casse tous mes coups, j'ai décidé d'intervenir en bas.

— Mais de quelle façon ?

— Je l'ignore encore. Mais ce serait bien le diable si à nous deux on ne trouvait pas.

D'un même geste superstitieux, Blanche touche un crayon en plastique et Mary sa baguette en strass. Comme quoi il n'y a que la foi qui sauve. Ensuite, les deux jeunes femmes examinent de concert la situation.

— C'est simple, dit Blanche, je suis dans un coma onirique profond. Mon rêvogramme est à plat. Pour le ranimer, il me faudrait une envie. Or pour en avoir une il faudrait que je ressente un manque de quelque chose. Mais comme j'ai tout…

— Et que cette maudite Halloween m'empêche de vous reprendre quoi que ce soit…

— On va devoir renoncer.

Juste à cet instant les premières notes du cantique *Il est né le divin enfant* s'imposent dans leur conversation.

— C'est mon portable, annonce Mary Christmas en sortant l'appareil d'une des poches de son jean afin de répondre à son interlocuteur : Ah !

C'est vous, François-Marie. Oui, oui, je vous entends très bien. Vous pouvez me parler. Vous savez bien que vos conseils me sont toujours très précieux.

Quand la communication, très courte au demeurant, est terminée, Mary Christmas explique à Blanche le plus naturellement du monde que son correspondant n'était autre que M. de Voltaire – lequel assurait ce jour-là son secrétariat – et qu'il lui avait transmis le message suivant : « Sur le trône le plus haut du monde on n'est jamais assis que sur son cul. »

Blanche s'amuse de cette phrase, mais essaie en vain de la décoder.

En revanche, ce cul tombé du ciel engendre dans la tête de Mary Christmas une idée choc qu'elle expulse aussitôt.

— Et si vous en aviez deux ? dit-elle subitement à Blanche.

— Deux quoi ?

— Deux culs.

Mue par un réflexe de peintre, Blanche se saisit de son carnet à dessin et aussitôt, en quelques traits, y esquisse sa propre silhouette avec le supplément suggéré par Mary. Elle place successivement celui-ci devant et derrière, comme un airbag, puis sur ses pieds et sur sa tête comme une potiche. Elle examine les différents résultats obtenus et les repousse tous avec une moue dégoûtée. Mary a un tout autre jugement. Elle trouve que l'idée est bonne mais non aboutie. Qu'il faut la creuser. Aller plus loin. C'est dans cette optique qu'elle prie Blanche de se redessiner, en doublant non seulement son fessier mais chaque partie de son corps.

Blanche s'exécute du bout du fusain et, son ouvrage terminé, ne l'apprécie pas plus que ses précédents croquis. Mary elle en est manifestement satisfaite :

— Un clone ! s'écrie-t-elle.

— Un clone ? Et alors ?

— Vous n'auriez pas envie d'avoir un clone ?

Surprise par la question, Blanche prend le temps d'y réfléchir avant de répondre avec ravissement :

— Ah si ! Ça, j'aimerais bien.

— Vous êtes sûre ?

— Evidemment ! Ça épaterait Voltaire ! Sur le trône le plus haut du monde, moi j'aurais deux culs pour m'asseoir… ou pour m'amuser, deux têtes pour rêver, deux nombrils à contempler, deux bouches à satisfaire, quatre mains pour peindre… Quel pied ! Non ! au pluriel : quels pieds !

— Du calme ! Du calme ! Vous ne l'avez pas encore, votre clone.

Le visage de Blanche se fige.

— Mais je vais l'avoir ?

— Oui… j'espère.

— Comment, vous espérez ? Vous n'êtes pas certaine ?

— Si… en principe… Mais vous vous doutez que je n'ai pas cet article-là en magasin. Il faut que je le fasse fabriquer… dans un atelier obligatoirement clandestin… parce que c'est interdit.

— Enfin… vous êtes une fée.

— Justement ! Je ne suis qu'une fée. Je ne suis ni Dieu le Père, ni un de ses imitateurs terrestres.

— Mais vous pensez quand même y arriver ?

— Oui ! Je vous l'ai dit. Je vous demande simplement un peu de patience.

— Jusqu'à quand ?

— Aucune idée. C'est un prototype, vous comprenez…

— Vous ne pouvez pas me fixer une date ?

— Non… mais je peux vous donner un conseil. A condition que vous me promettiez de le suivre.

— Juré !

— Eh bien, demandez donc votre clone comme cadeau de Noël à votre mari.

— Mais…

— Croyez-moi ! Insistez. Ne lâchez pas prise.

— Mais…

— C'est la clé de tout.

Mary a prononcé ces derniers mots sur un ton sans réplique. Le ton des gens qui savent. Puis, baguette magique au poing, s'en va, en empruntant comme à l'aller la voie express du miroir. Ce qui bien sûr donne un maximum de crédit à ses propos.

A peine la fée a-t-elle disparu que Blanche vole jusqu'à son mari pour lui annoncer triomphalement que, le 25 décembre au matin, elle souhaite trouver son clone dans ses souliers, sous le sapin.

Gonzague croit à une nouvelle foucade de sa femme.

Elle le détrompe.

Il hausse les épaules.

Elle hausse le ton.

Il la traite de « dingue ».

Elle le traite d'« attardé ».

Il propose une réconciliation sur l'oreiller.

Elle la refuse catégoriquement au cri de : « Pas de clone, pas de sexe ! »

Il attend qu'elle cède.

Elle ne cède pas.

Au cours de cette période d'abstinence Gonzague découvre que si la fonction crée l'organe, la non-fonction crée le non-organe. Il s'inquiète de cette absence et va se rassurer auprès d'une geisha, championne de bilboquet japonais. Celle-ci lui remonte le moral trois fois d'affilée. Il lui en est infiniment reconnaissant et s'y attache au point que Blanche s'obstinant à camper sur ses positions et sur le canapé du salon, il part sans hésitation s'installer chez sa Mme Butterfly la veille de Noël.

Blessée dans son cœur et dans son amour-propre, Blanche souffre inconsidérément de cette séparation. Son chagrin s'exprime à travers des toiles sinistres, aux antipodes de ses œuvres précédentes. Elles déplaisent à ses anciens acheteurs et ne lui en valent pas de nouveaux. La cote de Pinceau baisse, façon krach boursier. Son frère Bruno la supplie de revenir à sa première manière. Elle se fâche. Argue qu'elle n'est pas une fabricante susceptible de produire du « prêt à accrocher » à la commande, mais une artiste totalement tributaire de son inspiration. Si en ce moment son inspiration la porte plus vers le gris taupe que vers le jaune canari, ce n'est vraiment pas sa faute. Bruno lui reproche son égoïsme. Lui rappelle qu'il est le signataire de ses tableaux et qu'en tant que tel c'est sur lui et sur lui seul que se referment les portes des galeries… et leurs tiroirs-caisses ! Elle l'accuse de ne s'intéresser qu'à l'argent et le laisse libre de mettre un terme à leur association, s'il estime qu'elle ne lui rapporte plus assez. Séance tenante il saute sur l'occasion et dans sa voiture… avec l'intention d'aller dans un ashram au fin fond des Indes. Finalement, il s'arrête à Saint-Germain-en-Laye, dans la très confortable propriété de leurs parents. Il les met au courant de la situation et de l'absurdité de sa cause initiale : l'entêtement de Blanche à exiger de son mari son clone comme cadeau de Noël.

M. et Mme Rembrant prennent le parti de leur fils ainsi bien sûr que celui de leur gendre. Les approuvent l'un et l'autre d'avoir quitté leur folle de fille. Enfin, ils téléphonent à cette dernière, lui délaient dans d'interminables phrases leur façon de penser qui, en réalité, peut se résumer en deux mots : « Bien fait ! »

L'anathème de ses parents, venant après le départ de son mari et la rupture avec son frère, assombrit encore le moral de Blanche qui pas plus que ses toiles ne baigne dans le rose. Elle commence à sentir un manque affectif et souhaite le combler.

C'est le moment que choisit Mary Christmas pour rendre une nouvelle visite à Blanche. Cette fois, elle passe par la psyché de la chambre – naguère conjugale –, s'approche du lit et réveille l'occupante solitaire avec cette question insolite dans la bouche d'une fée :

— Alors, heureuse ?

Blanche se redresse sur son oreiller, se frotte les yeux comme on frotte des verres de lunettes embués et veut se lever pour aller prendre une douche. Mais Mary l'en empêche :

— Non ! Restez là. Je suis pressée : le Père Noël m'attend. Je dois lui couper la barbe. Comme tous les ans au printemps. Il ne la porte que l'hiver.

— Encore une déception !

— Pourquoi : encore ?

— Je n'ai que ça en ce moment : avec mon mari, mon frère, mes parents.

— Oui, je sais. Plus d'amour conjugal ! Plus de complicité fraternelle ! Plus de tendresse familiale.

— Exactement ! Le vide affectif intégral.

— Vous aspirez à le remplir, je pense ?

— Forcément.

— Eh bien, voilà ! J'ai la réponse à ma question de tout à l'heure : vous êtes heureuse.

— Mais pas du tout !

Mary Christmas déconcertée a un mouvement d'humeur :

— Vous êtes gonflée ! s'écrie-t-elle. Si j'avais su, j'aurais laissé Halloween gagner son pari avec le diable et à l'heure qu'il est vous seriez morte d'anorexie appétente.

— De quoi ?

— D'une carence de désirs, si vous préférez.

— Vous pensez vraiment que j'aurais pu me suicider par excès de bonheur ?

— Et comment ! C'est Voltaire qui involontairement vous a sauvée en me soufflant l'idée du clone.

— Fameuse idée ! C'est ce maudit clone qui a déclenché tous mes problèmes !

— Et qui par la même occasion, je vous le rappelle, vous a donné le désir de les résoudre. LE DÉSIR. L'ENVIE. Vous comprenez ?

La réponse de Blanche est emportée par un éternuement intempestif.

— A vos souhaits, dit Mary.

— Que ma situation s'améliore ! répond aussitôt Blanche.

La fée jubile :

— Reconnaissez qu'il y a du progrès. Maintenant au moins vous avez un souhait. Et croyez-moi, vous allez en avoir d'autres !

Sur cette prometteuse prédiction, Mary Christmas prend congé à la hâte et s'engouffre dans la psyché comme dans une vulgaire rame de métro.

La fée a raison. Blanche n'est pas au bout de ses peines… ni de ses souhaits.

En effet, sans les mensualités importantes que naguère lui versaient d'une part son mari, d'autre part son frère, Blanche doit restreindre son train de vie. Elle commence par se priver des services de la nurse suisse, puis de la cuisinière portugaise, puis du chauffeur italien.

Entre sa maison si grande et ses enfants si petits, entre les anxiolytiques pour ne pas s'angoisser et les vitamines pour tenir le coup, elle perd son éclat, sa ligne, son sommeil.

Elle peint des tableaux où des silhouettes sombres évoluent dans des paysages crépusculaires. Une nuit, sous le coup de deux heures du matin, elle est sur le point d'en achever un quand le téléphone sonne. C'est sa vieille copine Zouzou. Portée disparue un peu avant le début de la débâcle de Blanche, elle réapparaît un tantinet perturbée.

Et pas seulement par le décalage horaire entre la France et…

— Un endroit paradisiaque, annonce Zouzou, où j'ai passé un séjour divin.

— Tiens donc ! s'exclame Blanche, se souvenant de son dernier voyage avec Gonzague, au retour duquel il s'était inquiété de ses desiderata pour les fêtes. Voyage, on s'en souviendra peut-être, qui a été lui aussi divino-paradisiaque. La ressemblance ne s'arrête pas là.

— Je suis partie, confie Zouzou, avec un homme de rêve, pourvu d'une fortune, d'un zizi et d'une famille de rêve.

— Alors, tu es heureuse ?

— Comblée ! répond Zouzou avec cependant des bémols plein l'allegro. D'ailleurs, pour te donner une idée, plusieurs fois mon jules m'a demandé quel cadeau me ferait plaisir pour mon anniversaire. Eh bien, crois-moi si tu veux, je ne sais pas quoi lui répondre.

— Oh ! Je te crois.

— C'est insensé. Je n'arrête pas de chercher un truc délirant dont j'aurais envie. Et je ne trouve pas !

— Je te plains.

— Rigole pas ! Ce n'est pas marrant.

— Mais je ne rigole pas !

— Tu n'aurais pas quelque chose à me suggérer ?

— Si !

— Ah bon ? Quoi ?

— Un clone !

— Décidément, tu es toujours aussi dingue !

— Pourquoi ? Tu n'as pas envie d'avoir ton clone ?

— Ah, non alors ! Surtout pas !

— Ma pauvre Zouzou !

Blanche s'attriste à la pensée que sa copine n'aura pas comme elle l'ultime recours du clone et qu'Halloween cette fois va pouvoir triompher.

Consciente d'avoir échappé au pire, Blanche court vers son atelier, remplace sa toile crépusculaire par une toile vierge et se met à peindre avec allégresse et vélocité.

A l'aube naissante elle accouche d'un de ces tableaux qui ont fait la gloire de Pinceau, alias Bruno. Mais ce Pinceau-là, elle le signe Blanche Rembrant. Il est accueilli avec enthousiasme et lui ouvre les portes d'un succès… surréaliste ! Il représente deux fées si semblables que l'une ne peut être que le clone de l'autre. Candides à souhait, elles cultivent leur jardin… avec l'aide de Voltaire !

LA COMPLEXÉE SOCIALE

Il était une fois une jeune fille de très bonne famille qui rêvait d'être une « meuf de lieuban ». Autrement dit une nana de banlieue. Une égérie de chef de bande, capable aussi bien d'exhiber ses fesses devant son caïd que de dégainer son flingue devant les flics. Précisons qu'il ne s'agissait pas d'une révolutionnaire caviar, aspirant au charme d'Aubervilliers sous les palmiers de Saint-Barth, ni d'une adolescente en crise désireuse de s'encanailler pour emmerder ses parents.

Non ! Yolaine de la Bourge était tout bêtement amoureuse. Bêtement est le juste adverbe. Amoureuse comme une idiote d'un rappeur qui ressemblait à la caricature qu'aurait pu en faire un ennemi forcené du rap. Râpeux de la joue, de la voix et du vocabulaire, chauffé à la coke, survolté aux décibels. Un rappeur dont les journalistes spécialisés vantaient la « sensualité féline », l'« agressivité carnassière », la « force taurine » : une bête, vous dis-je ! Un de ces loubards que les parents de Yolaine auraient classés dans les « graines de potence », et qui avait été promu récemment « graine d'idole » par les incontournables 14/25 ans. Surtout par les filles qui le trouvaient

« camion ». Terme en l'occurrence assez bien choisi. Comme l'est aussi son pseudonyme : « Makel Esbrouf », beaucoup plus passe-partout que son patronyme d'origine : Maurice Ravelle, qui même avec une orthographe différente reste euphoniquement difficile à porter pour un musicien !

Makel Esbrouf ! Yolaine ne cesse de se pâmer devant ce nom.

— Un nom mondialiste ! dit-elle... à son miroir, n'ayant personne pour le moment avec qui partager sa fervente admiration.

En effet, depuis septembre dernier, bac en poche « mention bien », elle est en Angleterre afin de se familiariser avec la langue de Sir Elton John et accessoirement celle de Shakespeare. En fait, pensionnaire dans un établissement cosmopolite où elle est la seule Française, le jour, elle se contente d'échanges fonctionnels avec ses condisciples, le soir, sur le walkman que ses parents lui ont offert pour écouter Radio Notre-Dame, elle écoute Makel Esbrouf. Dès les premières notes du déjà célèbre : « Calme-moi ! Eteins-moi ! Avec ta bouche ! Avec tes doigts ! », elle s'est senti une vocation d'extinctrice ! Mais ne plaisantons pas ! Son attirance est très sérieuse et vire rapidement à la passion – limite envoûtement. Elle se manifeste par une envie de crier à qui ne veut pas l'entendre : « Je suis dingue de Makel Esbrouf. C'est le keum de mes veure. Je veux me le peta. »

Heureusement, pour les vacances de Noël, Yolaine retourne dans la maison familiale au creux de la Bretagne profonde et là peut enfin déverser son cœur dans des oreilles particulièrement compréhensives, celles de Calyxte, une jeune Antillaise employée à la librairie de ses parents, où elle est la seule à savoir se servir de l'ordinateur. C'est d'ailleurs grâce à cet agent de liaison des temps modernes qu'elle est entrée en relation avec un musclé de la tête et des biceps qui occupe auprès de Makel la double fonction de gorille et de gourou. D'où son surnom de Gogou. A travers les renseignements que Calyxte lui a soutirés sur Makel et qu'elle a transmis à Yolaine, à travers aussi les reportages consacrés à son idole et qu'elle a découpés à son intention, Yolaine découvre ses yeux d'ailleurs et son corps d'ici-bas. Elle découvre aussi son univers glauque, sa philosophie (*sic*) nihiliste. Elle se sent alors une vocation de rédemptrice et repart pour l'Angleterre, plus décidée que jamais à devenir une « meuf de lieuban ».

A Pâques, Yolaine retrouve la terre bretonne. Elle retrouve ses parents aussi rocailleux que des menhirs. Elle retrouve sa place de soprano dans la chorale des Angelottes. Elle retrouve enfin Calyxte avec aux lèvres un bouquet de merveilleuses nouvelles.

La première :

— Demain soir, Makel donne un concert sous un chapiteau, à Paimpont, où habite ma Tatie Viviane. Tu sais, celle qui est un peu allumée.

La deuxième :

— J'ai pris deux places et j'ai déjà dit à tes parents que ma tante, souffrante, m'avait demandé de passer le week-end chez elle... avec une amie si je le souhaitais.

La troisième :

— Tes parents ont accepté que tu sois cette amie.

— Ça alors ! s'écrie Yolaine étonnée. Ils ne se sont pas méfiés ?

— Ben non ! Ce qui est agréable avec les bien-pensants, c'est qu'ils ne pensent pas à mal.

Et le lendemain, au pied de la scène où s'éclate Makel, Calyxte et Yolaine battent des mains et hurlent comme tous les autres excités qui les entourent. Mais elles sont les deux seules à la fin du spectacle à parvenir jusque dans les coulisses grâce à un mot de passe confié par Gogou à Calyxte. Et Yolaine est seule à se glisser dans la loge du rappeur dont elle ouvre la porte pendant que Calyxte ferme les yeux du gorille chargé de la garder.

Dès que Mlle de la Bourge met le pied dans l'antre de l'idole, ses yeux écarquillés balaient les verres de whisky voisinant avec les produits de maquillage, le joint qui se consume dans un cendrier, les costumes de scène auréolés de sueur, les baskets, jetées en vrac sur le canapé...

Brusquement, toute son infrastructure d'ancienne enfant de Marie remonte à la surface. Mal à l'aise dans sa tenue endimanchée, la jeune fille tend la main à son idole : geste insolite dans le « show-bises ». Rougissante, tremblante, détournant son regard du torse nu de Makel, elle bafouille :

— Je m'appelle Yolaine Delabourge... en un seul mot, mais mes amis m'appellent Yoyo. J'aime beaucoup le rap... mais aussi la musique. J'en joue un peu.

— Quel instrument ?

— L'harmonium !

— Ah ! C'est chouette !

— Je chante aussi.

— Où ça ?

— Dans la chorale des Angelottes !

— Super !

Yolaine a conscience d'être « décalée ». Il la trouve successivement « pas vraie », « irréelle », « surréaliste ». Elle lui affirme sur le ton sec des timides :

— Je ne suis pas du tout ce que l'on pense.

— Moi, je ne pense pas ! Comme ça, pas de problèmes !

Il éclate d'un rire sans conviction, uniquement pour montrer ses fameuses « dents de loup qui mordent dans la société et lacèrent les bourgeois ». Phrase concoctée par son attaché de presse. Et puis, comme au bout d'un moment la sueur rend le cuir de son pantalon moulant très inconfortable, il annonce :

— Je vais me déloquer. Vaudrait mieux que tu te tires.

Devant le spectre de la séparation, Yolaine trouve le courage de lui lancer avec un regard, à la limite, pour elle, de la provocation :

— Ne puis-je pas rester encore quelques instants ?

La forme interro-négative de sa question, résurgence d'un français devenu archaïque, impressionne le rappeur au point que pour ne pas le montrer, il lui répond en forçant le trait et le ton :

— Non ! Faut que tu caltes ! J'en ai rien à cirer des gonzesses comme toi !

Ah ! Comme en cet instant Yolaine voudrait chanceler, défaillir sur un sofa comme son arrière-grand-mère et que son chevalier servant inquiet lui proposât des sels. Mais bernique ! Elle ne s'évanouit pas. Elle renifle. Makel ne lui tend pas des sels. Mais des Kleenex… et son joint !

— Ça va te calmer.

Elle n'ose pas lui dire qu'elle n'en a jamais fumé. Elle aspire une grande bouffée. L'effet est immédiat, mais pas vraiment sédatif :

— Je t'aime ! lui murmure-t-elle dans un nuage. Prends-moi. Je veux être la meuf de tes veure.

A nouveau le rappeur éclate de rire et aggrave son cas en expliquant pourquoi :

— La « meuf » ça va pas avec toi, c'est comme une merde de chien sur un disque d'or !

— Je comprends ce que tu ressens. Je le ressens moi-même. Mais moi je vais changer, me transformer, aller vers toi, te rejoindre.

— Mais non, pauvre cloche ! Tu pourras pas. T'as tes ancêtres qui te collent aux miches !

Yolaine a beau sentir la vérité de ce propos, justement à cause de ses « miches » qui l'ont viscéralement choquée, elle ne désarme pas :

— Si ! Je changerai ! Tu verras : je serai ta meuf !

— Eh bien, tu peux t'y coller tout de suite : y a du boulot !

A ces mots, avec un à-propos qui ne doit rien au hasard, surgit dans la loge une créature mâchant du chewing-gum – ce qui accentue son côté bovin –, hirsute et rouge du cheveu, gonflée de la bouche, rétrécie du nez. Quant au reste : anorexique, vulgaire, crade. Elle vient se coller à Makel comme une ventouse et annonce d'une voix poncée au tabac et à l'alcool :

— C'est moi la meuf de ses veure !

— Enchantée, arrive à prononcer crânement Mlle de la Bourge.

— Je m'appelle Patrick ! ajoute la créature.

Yolaine a encore le temps d'entendre le rire de son rappeur et de le voir passer son joint à Patrick, de sortir de la loge juste avant de s'évanouir, cette fois, pour de bon. C'est Gogou qui la ranime d'abord avec une paire de claques, ensuite en lui affirmant que Makel est un hétéro pur et dur, que Patrick n'est qu'un paravent dont il se sert parfois pour décourager les admiratrices dans son genre, un peu trop pressantes.

— Il faut le comprendre, dit le gourou. En scène, Makel casse son ego. Après il a besoin de repos pour le reconstruire.

Yolaine comprend. Elle-même, épuisée par cette soirée, a besoin d'une bonne nuit de sommeil pour récupérer.

Le lendemain elle se réveille très tôt, l'esprit frais et dispos, mais le cœur tout aussi chaud. Elle quitte la maison pendant que Calyxte dort dans les bras de Gogou et que Tatie Viviane fait semblant de ronfler, aussi bien qu'elle fait semblant d'être gâteuse. La coquine ! Elle joue les vieilles folles pour endormir la méfiance des gens. A part moi qui sais qu'elle ne ment pas, tout le monde se gausse quand elle raconte qu'elle est une lointaine descendante de la fée Viviane, ou quand elle montre une photo de la fameuse fée au côté de sa meilleure amie, Mary Christmas. Calyxte et Yolaine ont fait comme les autres : elles ont ricané en regardant la photo puis ont continué à déballer leurs secrets devant la vieille dame comme si elle n'était pas là. C'est ainsi qu'elle a tout appris de la funeste passion de Yolaine, y compris son désir aberrant de devenir « digne de lui » !

Navrée par ce gâchis programmé, Tatie Viviane s'est empressée d'alerter par Interplanet sa lointaine ascendante Viviane qu'elle savait en séminaire dans la forêt de Brocéliande avec l'enchanteur Merlin et une délégation de ses collègues, dont Mary Christmas. C'est à celle-ci qu'elle confie la garde rapprochée de Mlle de la Bourge. C'est donc Mary qui, d'un souffle, l'a sortie du lit de bon matin, l'a poussée à aller se shooter à la chlorophylle des arbres de Brocéliande. Elle qui l'aborde à l'orée de la forêt :

— Vous me reconnaissez ? Vous m'avez vue sur une photo avec la fée Viviane, chez la tante de Calyxte.

— Oui, je vous reconnais, mais…

— Vous ne croyez pas aux fées, c'est ça ?

— C'est-à-dire que… je ne demande qu'à être convaincue.

— Et moi à vous convaincre.

— Facile ! Exaucez mon vœu le plus cher : me transformer en meuf de lieuban.

— Ça, jamais ! N'importe quel autre vœu. Mais pas celui-là !

— Alors c'est que vous n'êtes pas une fée.

— Si, justement ! Une bonne fée dont les interventions doivent avoir sur les êtres des effets positifs et non négatifs.

— Qui vous dit que l'effet serait négatif si vous me transformiez…

— En égérie de Makel ? En clone du soi-disant Patrick qui, entre parenthèses, s'appelle Patricia, avec un P comme dans pétasse !

Mlle de la Bourge s'offusque :

— Une vraie fée n'emploie pas des mots aussi vulgaires !

— Pour une bonne cause, si ! En revanche une vraie fée ne peut contribuer qu'à l'amélioration – physique, morale, ou intellectuelle – de quelqu'un, pas à sa détérioration.

— Amélioration ? Détérioration ? D'après vos critères à vous… qui ne sont pas les miens ! Il s'agit de ma vie, pas de la vôtre, et je serais en droit de vous répondre comme Martine dans *Le Médecin malgré lui* : « Et s'il me plaît à moi d'être battue ? »

Mary Christmas ironise :

— Ça c'est la meilleure : ça cite Molière et ça voudrait être une « meuf de lieuban » !

Yolaine, vexée, sort ses griffes :

— Vous êtes jalouse ! Parce que vous ne savez pas ce que c'est que l'amour et que vous ne le saurez jamais !

Mary lève les yeux au ciel. Y voit tous ceux qui l'aiment et qu'elle aime. Divin apaisement ! Elle reprend la discussion trois tons au-dessous :

— J'ai pour votre avenir plus d'ambition que

vous. Je veux vous rendre heureuse, mais pas à n'importe quel prix : pas à la baisse. A la hausse ! Pouvez-vous me le reprocher ?

— Oui ! Votre mission selon moi est d'œuvrer pour le bonheur des gens, quelle que soit la façon dont ils l'envisagent.

Mary réfléchit et admet :

— Vous venez de soulever là un problème de fond important. Je vous propose d'aller en référer à mes consœurs réunies ici en symposium, pour discuter de quelques questions déontologiques.

— Pourrais-je assister à vos débats ?

— Non ! De toute éternité, ils se déroulent à huis clos. Mais ils sont présidés et arbitrés par un homme de haute moralité : M. Merlin. L'enchanteur. Vous connaissez, je suppose ?

— Pas personnellement.

— Eh bien, voilà une bonne occasion de le rencontrer. Il viendra lui-même vous rendre compte du résultat de notre vote.

— Ah bon ? Vous votez ?

— Oui ! A baguettes levées !

Yolaine n'est pas encore revenue de toutes ces surprises que Mary Christmas, elle, revient de la salle de délibérations accompagnée d'un homme que même sans son badge : « Merlin, enchanteur et président » elle aurait facilement identifié tant il ressemble à ce qu'elle imaginait.

C'est avec l'autorité que lui confère son pouvoir universellement reconnu que Merlin prie Mary Christmas de communiquer à Yolaine le verdict des fées.

Mary s'exécute avec solennité :

— A la première question : « Une fée doit-elle exaucer aveuglément les vœux qu'on lui adresse, alors qu'en son âme et conscience elle les juge absurdes et néfastes ? », à l'unanimité, la réponse a été : non !

Moue déçue de Yolaine. Impassibilité de Merlin. Enchaînement rapide de Mary :

— A la deuxième question : « Mlle Yolaine de la Bourge doit-elle devenir, comme elle le souhaite, une "meuf de lieuban" ? » à l'unanimité, la réponse a été : non !

Soupir mécontent de Yolaine. Muette exhortation au calme de Merlin. Vague sourire de Mary qui poursuit :

— A la troisième question, conséquence des deux autres : « En désaccord total avec Mlle de la Bourge, dois-je renoncer à ma mission auprès d'elle, ou essayer de lui proposer une autre voie d'accès au bonheur ? »

Souffle suspendu de Yolaine. Léger toussotement de Merlin. Profonde respiration de Mary avant d'annoncer :

— La moitié des fées a voté pour l'abandon. L'autre moitié pour la recherche d'une autre solution. C'est alors que la voix du président – qui compte double – a fait pencher la balance du côté de la deuxième option, c'est-à-dire de mon côté. Sur ce, la séance a été levée dans le calme et dans une parfaite entente. Toutes les fées – même les opposantes à la décision prise – m'ont souhaité bonne chance en touchant du bois. Celui de leur baguette magique.

Silence général : impatient pour Merlin et Mary.

Perplexe pour Yolaine. Elle finit par en sortir avec agressivité :

— Proposez-moi ce que vous voulez, mais je vous préviens, vous n'arriverez jamais à me séparer de Makel. Vos pouvoirs ne serviront à rien : une force incontrôlable m'attire vers lui, comme si j'étais possédée.

Cette dernière phrase tombe dans la tête de Mary Christmas comme jadis la pomme sur celle de Newton et y produit le même effet lumineux :

— Eurêka ! dit Mary Christmas à voix basse pour n'être entendue que par Merlin. C'est un coup de Monica Halloween !

Merlin approuve et aussitôt après prend congé en déclarant qu'il ne tient pas à se mêler à des « histoires de bonnes femmes ». Que voulez-vous ? Pour être enchanteur, on n'en est pas moins homme. Malgré cela, il garde son pouvoir magique puisque Mary Christmas ne lui tient pas rigueur de sa désertion. On verra plus tard qu'elle a raison.

Maintenant qu'elle a l'explication de l'inexplicable passion de Yolaine, elle la sait indéracinable. Il lui faut donc, pour apporter à la jeune fille un bonheur digne d'elle comme elle s'y est engagée, agir autrement. Comment ? C'est la question qu'elle ne se pose pas puisqu'elle l'a déjà résolue, mais que lui pose Yolaine :

— Comment comptez-vous vous y prendre pour me rendre heureuse sans Makel ?

Mary ment sans états d'âme :

— Je ne sais pas encore. Je vais chercher. Mais soyez patiente. Ça risque d'être long. Ce séminaire m'a retardée. Et j'ai beaucoup de personnes sur ma liste d'attente.

— Combien de temps ?

— Un an. Peut-être deux.

— Tant que ça !

— Je le crains. Mais, je suis toujours joignable sur mon site : www.resoutout.com. En cas de mauvaise nouvelle… ou de bonne…

Le premier e-mail concernant cette affaire fut adressé à Mary Christmas de Paimpont par Tatie Viviane, à la fin du mois de juin :

« Salut, Mary ! Et bravo ! Je viens d'entendre à la radio une longue interview de Makel Esbrouf. Il y annonçait, dans un français très convenable, son prochain départ pour son habituelle tournée d'été, avec des chansons d'une inspiration nouvelle, écrites par une inconnue et qui lui ont été transmises par son gourou-gorille… Il en a chanté une. Incroyable ! C'est un rap si bromuré qu'on dirait presque un blues !

« Encore bravo ! Je te décerne le 7 d'Or de la meilleure fée !

« Signé : Tatie Viviane. »

C'est à la fin septembre, au retour de cette tournée estivale, que Mary Christmas reçut un e-mail de Yolaine de la Bourge :

« Chère Mary, pardon de vous déranger, mais je crois que la nouvelle en vaut la peine : Makel est venu au concert que donne traditionnellement la chorale des Angelottes le 14 septembre, jour de la Croix Glorieuse, dans la chapelle Quintine, plus modeste que la Sixtine mais néanmoins très belle. Il portait un blazer marine sur un pantalon gris. Il était rasé de frais et coiffé avec une raie sur le côté. Personne ne l'a reconnu – sauf moi qui étais au courant de sa venue. Forcément : nous l'avions décidée en commun, afin de tester les effets de son nouveau look en public. Notamment sur ma famille. Une réussite ! Je l'ai présenté à mes parents comme étant Mauricio Ravelli (son vrai nom italianisé), un talentueux pianiste très connu dans son pays et désireux d'enregistrer un disque où nous chanterions ensemble en nous accompagnant à deux pianos.

« Ma mère, très sensible au charme de Mauricio, a été enthousiasmée par ce projet. Mon père, très légaliste, s'est contenté de déclarer qu'"étant majeure, j'étais libre et responsable de mes actes". Le lendemain, papa et maman ont eu exactement les mêmes réactions quand je leur ai appris que nous allions nous marier. Oui, Mary, je vais épouser mon idole ! Vous vous rendez compte ? Question idiote ! Evidemment que vous vous rendez compte puisque c'est à vous que je dois tout ça, grâce à vous que je ne suis pas devenue une "meuf de lieuban", et que Makel, lui, est en passe de devenir un "gebour cbgb" ! Je suis sur un petit nuage comme vous et je vous envoie une pluie de remerciements en échange de votre pluie d'étoiles.

« Signé : Yolaine de la Bourge. »

Un troisième e-mail tomba dans l'ordinateur de Mary Christmas le 26 décembre, en conclusion de l'affaire Makel Esbrouf. Il émanait à nouveau de Tatie Viviane.

« Sacrée Mary, quand tu t'y mets, tu ne lésines pas ! Ton père non plus ! Quel Noël, bon Dieu, quel Noël ! Je récapitule pour pouvoir archiver :

« 24 décembre : deux mariages – en blanc –, celui de Yolaine de la Bourge avec Mauricio Ravelli (nom officialisé par décret – ô combien – spécial). Celui de ma nièce Calyxte Vahiruha avec le gourou-gorille devenu, lui aussi par décret spécial, Gérard Gogou.

« 25 décembre au matin : lancement sur les ondes du premier disque de Yolaine et Mauricio, réunis sur la pochette sous l'appellation : "Les Ravelli". Titre de la chanson choisie : *Il faut croire aux fées*. D'après les premières réactions, la chanson s'annonce comme un supertube.

« 25 décembre au soir. Confidentiel. Un scoop que je tiens de ta consœur Viviane. Elle m'a priée de ne pas te le répéter avec une insistance telle que j'en ai conclu qu'elle souhaitait que je te le répète. Alors voici : après t'avoir laissée dans la forêt de Brocéliande seule aux prises avec Yolaine, Merlin est parti en commando chez Monica Halloween, l'a neutralisée avec une ligne de perlimpinpin, l'a enfermée dans son grand couvre-chef et l'y a maintenue hors d'état de te nuire, pendant que tu réglais le problème de Yolaine. Je trouve que c'est très chou de sa part et mérite de la tienne un discret coup de chapeau quand tu le rencontreras.

« 26 décembre. Pendant que je t'écris, j'entends

à la radio, pour la troisième fois de la matinée, les Ravelli chanter qu'"ils croient aux fées". Entre nous, c'est la moindre des choses.

« A toujours.

« Signé : Tatie Viviane. »

LA GROSSE BERTHA

Il était une fois une énorme pucelle qui en avait ras la panse qu'on lui demande à chaque instant : « C'est pour bientôt le bébé ? »

Elle souffrait de cette question d'autant plus que : a) elle rêvait de n'être plus énorme ; b) de n'être plus pucelle ; c) d'avoir un enfant.

Bien sûr, à l'origine de son problème : son poids. A l'origine de son poids : son irréductible gourmandise. Son rêve : que tous les mets dont elle raffolait (les pâtisseries gorgées de sucre, les charcuteries suintantes de gras, les daubes dégoulinantes de sauce, les fromages gonflés de crème, et surtout le chocolat – l'ineffable chocolat !) oui, son rêve était que tous ces attrape-kilos deviennent miraculeusement des bouffe-calories. Mais ça…

Elle ne comptait plus les avertissements du corps médical :

— Attention ! Vous êtes en train de creuser votre tombe avec vos dents.

Elle ne comptait plus les encouragements de ses amis :

— Arrête ! Tu as la chance d'être bien proportionnée : tu es énorme, d'accord, mais uniformément !

Elle ne comptait plus les régimes qu'elle avait entrepris en vaillant soldat de l'allégé, et abandonnés en lâche déserteuse.

Elle ne comptait plus les crèmes anticellulite qu'elle avait essayées et qui lui avaient coûté la peau des fesses sans jamais la lui décapitonner.

Elle ne comptait plus les substituts de repas qu'elle avait engloutis et qui, avec elle, ne substituaient que la fringale lancinante à la faim obsessionnelle.

Elle ne comptait plus les conseils que lui avaient prodigués Pierre, Paul, Jacques (ou plutôt Pierrette, Pauline et Jacotte) et grâce auxquels elle avait perdu son moral, mais pas sa graisse.

Elle ne comptait plus ni ses résolutions ni les balances qu'elle avait, les unes comme les autres, jetées aux orties.

Elle plaidait à sa décharge – sans que, hélas, cela lui ôtât le moindre gramme – qu'elle avait sur le plan pondéral une lourde hérédité. Il est vrai que notre héroïne – Bertha Bombance – devait son prénom à une grand-mère allemande dont on peut dire qu'elle fut avant la lettre une beauté canon, en ce sens que dès sa naissance elle faisait irrésistiblement penser à la Grosse Bertha, le fameux obusier d'outre-Rhin. Quant à son patronyme, elle le devait à son grand-père français qui, en 1940, trop gros pour courir, termina la guerre dans une ferme rhénane, précisément sous la vaste couette de la grosse Bertha.

Cependant, cette lourde hérédité qui la déculpabilisait quelque peu ne lui enlevait ni son embonpoint, ni ses complexes, ni sa frustration maternelle.

Par chance, un matin de très bonne heure, aux confins de la déprime et d'une crique déserte de la Côte d'Azur, elle aperçoit un bronzé d'origine dont le torse, à la moindre contraction, reproduit, carré par carré, l'exacte configuration d'une tablette de chocolat. Dès la deuxième contraction, notre gourmande craque. Son maillot de bain aussi... juste au moment où la tablette de chocolat ambulante passe à côté d'elle. Honteuse, elle s'efforce de rapprocher les deux bords de l'échancrure indiscrète et disgracieuse. Charitable, l'homme la rassure :

— Ne vous inquiétez pas pour moi, dit-il, je suis médecin.

— Ah !...

— Et qui plus est diététicien.

— Ah ! ah !...

— J'exerce à Grasse.

— Oh !

— Bien que je sois né en Grèce.

— Oh... !

Une minute plus tard, il lui tend une carte de visite plastifiée qu'il avait glissée dans son slip « à tout hasard », prétend-il. Extasiée, Bertha lit : « Docteur Désiré Léger. Résidence Les Fées. Allée des Elfes. » Tout un programme !

Le lendemain, le docteur Léger la reçoit dans son cabinet de consultation, vêtu d'une blouse en polyester, juste assez transparente pour laisser deviner son buste d'athlète exotique. Il la dispense d'exposer son problème : d'abord il le voit à l'œil nu. Ensuite, il le connaît pour l'avoir vécu.

— Pas possible, docteur ! Vous aussi, vous avez été…

— Un bébé dodu, un garçonnet rondouillard, un adolescent flasque, élevé dans un océan de lipides et de glucides par des parents évidemment pachydermiques.

Le docteur Léger mentait. Tous les membres de sa famille étaient comme lui, des maigres de naissance, de ces êtres privilégiés qui peuvent se goinfrer dans l'impunité totale. Ce mensonge expérimenté avec succès sur d'autres clientes obtint avec Bertha le résultat habituel.

— Mais alors, docteur, s'écrie-t-elle, affolée par l'évidence, ce n'est pas mon ascendance qui est responsable !

— Non ! C'est vous ! Votre gourmandise ! Votre incommensurable gourmandise ! Entretenue par un certain contentement de soi : « Bah… après tout, je ne suis pas si mal » ; débouchant sur un certain mépris des autres : « Bah ! Si ça ne leur plaît pas, tant pis pour eux ! » ; votre ignoble gourmandise, liée à une paresse larvée, liée elle-même à une absence totale de volonté.

Bertha baisse la tête. Le zélé diététicien élève encore le ton :

— Vous êtes consciente de cela ? Oui ou non ?

Comme Bertha, sous le choc, est incapable de répondre, il poursuit :

— Je vous préviens que, si vous ne reconnaissez pas votre entière responsabilité vis-à-vis de vos kilos, vous pouvez aller les porter dans une brouette immédiatement au premier charlatan venu. C'est ça que vous voulez ?

Eperdue, Bertha ne réussit qu'à secouer négativement la tête.

— Dans ces conditions, reprend le docteur Léger un peu radouci, battez votre coulpe avec votre main droite et dites : « C'est ma faute, c'est ma faute, c'est ma très grande faute ! »

Bertha obéit. Il la récompense d'un regard de macho satisfait – un regard d'homme, quoi ! pas de médecin. Sur sa lancée, le praticien enjoint Bertha de se déshabiller afin de pouvoir sur sa chair dénudée mesurer l'ampleur des dégâts… un double mètre à la main. Elle se soumet derechef à cette pénible épreuve. Sans gaieté de cœur, on s'en doute. Et encore moins de corps. Elle – sous tension – le voit lui – insolemment détendu – parcourir d'une main négligente le gouffre de Padirac de son entre-deux-seins, puis les monts d'Auvergne de son abdomen, enfin les piliers de son arc de triomphe.

Elle est au supplice, mais chaque fois qu'elle se risque à un simili-gémissement, il l'oblige à répéter : « C'est ma faute, c'est ma faute, c'est ma très grande faute. » Chaque fois, Bertha obtempère et chaque fois il la récompense, comme précédemment, d'un regard, *made in* « macholand », mais de plus en plus égrillard, de plus en plus concupiscent. Au point qu'elle se prend à espérer que le docteur Léger fait partie de cette minorité masculine qui est attirée par les grassouillettes. Au point qu'elle s'enhardit à lui exprimer cet espoir. Il le déçoit aussitôt, mais ne l'éradique point.

— Chère petite madame Bombance, la finesse de votre esprit est inversement proportionnelle à celle de votre taille, il a perçu l'incroyable vérité : vous me plaisez !

A ces mots, Bertha fond comme glace au soleil. Désiré s'empresse de la recongeler :

— D'habitude je n'aime que les longilignes platiformes dans le genre de ma femme.

— Vous êtes marié ?

— Plutôt deux fois qu'une ! A la diététicienne qui exerce dans le cabinet voisin et qui vous a reçue à votre arrivée.

A la seconde, l'image de la personne en question vient se coller à la rétine de Bertha, tel un timbre-poste… dont Mme Léger a d'ailleurs l'enviable et provocante minceur.

— Son vrai prénom est Eliane. Mais moi, je l'appelle Liane tout court. Ma Liane, toujours prête à s'enrouler autour de mon arbre, qui lui, l'ingrat, serait prêt à se désenrouler pour vous !

— Vraiment ?

— Réfléchissez ! Pourquoi vous mentirais-je ?

Incapable justement de réfléchir dans son actuel état d'exaltation, Bertha ne trouve pas de réponse à la question. Elle se voit déjà embarquant pour Cythère. Le diététicien freine sa folle imagination : pour obtenir son visa, il lui faut remplir d'abord une petite formalité.

— Laquelle ? demande Bertha.

— Perdre quarante kilos !

Toujours sur son nuage, Bertha ne s'émeut pas :

— Oui, d'accord ! Mais après ?

— Après… Sur les fesses de Liane, je jure que je la cocufie avec vous !

— Combien de fois ?

— Une fois par kilo perdu. Soit… quarante extases ! Ça vous va ?

— Marché conclu ! Cochon qui s'en dédit.

Si ventre affamé n'a pas d'oreilles, fesse affamée en a d'énormes : Bertha écoute avec avidité les prescriptions du docteur Léger. Elles sont d'ailleurs fort simples. Il s'agit en gros, si je puis dire, de remplacer le petit déj' par un *Confiteor* ; le déjeuner par deux ; et le dîner, par trois. Il est d'ailleurs recommandé à toute heure de se refiler un petit coup de « c'est ma faute », quel que soit l'objet de la tentation. En outre, il est autorisé, dans le cas spécifique d'une tentation de tablette chocolatée, de fantasmer sur celle du docteur Léger.

A ce traitement s'ajoutent les soins des deux collaborateurs de M. et Mme Léger : Natacha Lépo, championne des poids et haltères, chargée de recycler la peau en muscles, et Amadou Paluche, masseur et yogi, chargé de réparer la casse – physique et morale. Tous deux forment un couple on ne peut plus légitime, on ne peut plus dynamique. Ils habitent et travaillent au premier étage de la Résidence des Fées, dont Désiré et Liane occupent, eux, le rez-de-chaussée.

Dans le mois qui suit sa première visite, Bertha perd dix kilos. Les premiers.

— Ceux qui sont le plus faciles à perdre, lui dit le docteur Léger.

Ben merde ! lui aurait certainement répondu

Bertha si le désir violent qu'elle éprouvait pour le médecin et la perspective de l'assouvir dans une trentaine de kilos n'annihilaient pas chez elle tout esprit de rébellion. Fascinée par son regard de macho avec vue sur l'océan érotique, elle se tait. Elle ne lui souffle mot du calvaire qu'elle vient de vivre pendant ces trente jours de quasi-abstinence. Trente jours à tomber en arrêt devant chaque magasin d'alimentation, comme un chien de chasse devant une proie qu'il n'a pas le droit de toucher, trente jours à fantasmer sur une endive braisée, trente jours à se boucher précipitamment le nez et les yeux en passant dans la rue devant les plaques chauffantes où se dorent les crêpes, les gaufres et les pâtes à pizza, trente jours à frôler le vertige devant les vitrines de pâtisseries et de confiseries alignant leurs régiments de chocolat, en gâteaux, en fondants, en macarons, en bouchées, en rochers granités. Trente jours, face à cette armée fascinante, à se mordre les poings, à se ronger les ongles, à s'enfoncer sa culpabilité dans la poitrine à grands coups de « c'est ma faute, c'est ma très grande faute ».

Néanmoins, dès le lendemain Bertha reprend son chemin de croix, semé de tentations et les combat de la même façon que le mois précédent.

Ce sont ces *mea culpa* et sa gestuelle mortifiante, insolite sous le ciel insouciant de la Côte d'Azur, qui provoquent la curiosité de Mary Christmas, justement de passage à Grasse. Elle y a été envoyée par son syndicat : la FOCT (Force Onirique Célesto-Terrestre) afin de surveiller les activités de la Résidence des Fées et vérifier que son appellation n'est pas usurpée.

Mary aborde Bertha. Pour l'amadouer, elle lui montre successivement sa carte professionnelle, la barrette endiamantée d'étoiles qui retient ses cheveux blonds de fée et une photo d'elle avec son père dans le traîneau de Noël, photo parue dans le journal *Voici* « Spécial fêtes ». Tour à tour surprise, rassurée, puis éblouie, Bertha suit sans hésitation Mary d'abord dans le salon de thé, ensuite sur la voie des confidences.

C'est devant un lac de chocolat au lait, entouré d'une colline de pains en chocolat noir qu'elle lui parle du diététicien. Un véritable dépliant publicitaire : son charme sucré-salé ; son regard de feu surplombant son sourire de glace ; sa sveltesse de libellule valorisant sa musculature de bœuf. Bertha lui avoue les « sentiments » qu'elle nourrit pour Désiré, l'attirance inespérée qu'elle a suscitée chez lui et l'étonnant marché qu'ils ont conclu : une extase par kilo perdu. Clause additive : le marché ne doit prendre effet qu'à la disparition du dernier gramme.

Mary n'a rien contre la méthode en soi : elle sait bien qu'il faut toujours une carotte pour déclencher, puis soutenir la volonté du candidat à la minceur. Alors, après tout, pourquoi pas celle du docteur Léger ? Mais son petit doigt de fée lui dit que cette carotte-là ressemble étrangement à un leurre. Elle ne le cache pas à la pauvre Bertha qui refuse de la croire… du moins sans preuve. Qu'à cela ne tienne ! Des preuves, Mary doit en réunir avant de dénoncer le docteur Léger à la police, et justement Bertha est bien placée pour lui en fournir.

— Moi ? Mais comment ?

— Simple ! Vous allez perdre les trente kilos qui vous séparent encore de la première extase promise.

Bertha rechigne : les délices qu'elle vient d'ingurgiter imprudemment dans le salon de thé sont tombés en droite ligne sur sa volonté et l'ont pulvérisée. Elle se sent pour le moment incapable de repartir pour trois mois – minimum – de privations. Mary la rassure :

— Désormais, tout ce que vous mangerez vous fera maigrir.

— Quoi ! Même le chocolat ?

— Surtout le chocolat.

— C'est impossible !

— Impossible n'est pas féerique.

— Ce sont des mots…

— Pas seulement. Vous allez voir. Levez-vous.

Bertha se lève et voit… ses pieds ! La dernière fois qu'elle les a vus, ils étaient dans des chaussures blanches à barrette. C'était le jour de sa première communion. Aujourd'hui, ses baskets qu'elle a eu du mal à enfiler ce matin sont devenues subitement trop larges ; la montgolfière qui lui sert de corsage s'est dégonflée ; son fessier ne déborde plus de la chaise en fer où elle vient de choir sous le coup de la surprise. Après la quantité de chocolat, liquide et solide, qu'elle vient d'absorber, le résultat est déjà miraculeux, mais il n'est pas question de s'en contenter.

— Il faut absolument que vous atteigniez le poids prévu par votre contrat, lui dit Mary.

— A ce régime-là, ça ne sera pas difficile ! Je mettrai volontiers les bouchées doubles.

— Non ! Justement pas ! Il faut agir de façon progressive, comme si c'était naturel, afin de ne pas éveiller les soupçons du docteur Léger, ni de sa femme, ni de ses deux acolytes.

Bien que Bertha frétille d'impatience à l'idée de devenir sirène et de pêcher dans ses filets ce bel espadon de Désiré, elle se range avec docilité à l'avis de sa bienfaitrice.

Tous les jours, Mary vient lui apporter sa dose de pilule anticalories. Tous les jours, Bertha se régale d'enfreindre les diktats de la diététique. Tous les jours, les deux couples de la Résidence des Fées constatent avec une surprise croissante le poids décroissant de leur cliente. Tous les jours ils l'encouragent et la félicitent, mais avec de moins en moins de conviction. Surtout le beau Désiré. Mary et Bertha s'en étonnent : logiquement, le docteur Léger, d'abord en tant que médecin, devrait être content du succès de son traitement ; ensuite en tant qu'homme, il devrait se réjouir à l'idée de folâtrer plus tôt que prévu avec une jeune femme devenue très comestible et visiblement dotée d'une gourmandise… multifonctionnelle !

Alors pourquoi cet agacement à chaque nouvelle perte de poids ? Pourquoi cette panique quand Bertha, n'ayant plus que deux kilos à perdre, lui rappelle qu'ils ne sont plus qu'à une encablure du nirvana ? Et pourquoi depuis une semaine, sur sa balance à lui, l'aiguille-couperet stagne-t-elle au même endroit, alors que sur sa balance à elle, l'aiguille poursuit sa descente inexorable ?

Mary veut en avoir le cœur net et se rend à la Résidence des Fées, à l'insu de Bertha. Elle se présente à Liane comme visiteuse médicale travaillant pour le compte des Laboratoires Méphisto dont la réputation n'est plus à faire. Elle a dans sa petite valise tout un lot de crèmes et d'onguents susceptibles de régénérer n'importe quelle peau endommagée par toutes les surcharges : celles du poids, des ans, des emmerdes.

— Moi-même, affirme-t-elle, je les utilise régulièrement de la tête aux pieds et voyez le résultat.

Joignant le geste à la parole, Mary arrache le Velcro central qui fermait jusqu'au cou sa pudique combinaison d'aviateur. Elle apparaît alors vêtue exclusivement de deux étoiles tenant sur le bout de ses seins par, à proprement parler, l'opération du Saint-Esprit, et d'un string balisé d'un panneau de « sens interdit ». Elle est d'une beauté à couper le souffle. D'ailleurs Liane a le souffle coupé et ne le récupère que pour lui murmurer en lui ouvrant précipitamment la porte d'une pièce voisine :

— Entre là. Attends-moi. Je reviens tout de suite !

Mary entend son hôte verrouiller la porte derrière elle. Elle sourit devant l'inutilité de cette précaution. Elle jette un regard circulaire sur les lieux. Le lit qui est au milieu de la pièce l'incline à croire qu'elle est dans une chambre. Mais la discrétion de l'éclairage et l'indiscrétion de certaines gravures et de certains objets lui laissent à penser que la chambre n'a pas été conçue essentiellement pour dormir. Peu de temps après, Liane rentre, suivie par Natacha Lépo, la sculpturale culturiste. Mary a disparu. Elle n'est ni dans la chambre ni dans la salle de bains voisine. Or Liane est formelle :

— Elle n'a pas pu disparaître, dit-elle à Natacha, tu as bien vu que la porte était fermée au verrou et la fenêtre toujours close. Or il n'y a pas d'autre accès. Quant à la salle de bains, elle n'a aucune ouverture sur l'extérieur.

— N'empêche qu'elle n'est pas là, ta demoiselle Méphisto.

— C'est incompréhensible.

— Elle devait avoir un passe-partout.

— Ça m'étonnerait. Elle n'avait vraiment pas l'air d'une loubarde.

— C'est peut-être une fliquette.

— Une quoi ?

— Une femme flic, comme à la télé.

— Pas le genre ! Je croirais plutôt qu'elle est une de ces journalistes fouille-merde qui sont prêtes à fourrer leur joli nez partout pour déterrer des miettes de scandale.

— Dans notre cas, ce serait vraiment des toutes petites miettes.

— Assez grosses quand même pour se retrouver à la une des gazettes et aux guichets de l'ANPE.

— Ah ! Tu exagères tout ! Qu'est-ce qu'on a à se reprocher ?

Lovée dans l'épaisseur du miroir au-dessus du lit, Mary Christmas ne pouvait rêver meilleure question. Elle n'a plus qu'à enregistrer la réponse de Liane sur son magnéto miniature, savourer ses confidences jusqu'à la dernière goutte puis repartir par la cheminée… comme son papa !

Chaussée de ses baskets de sept lieues, en quelques enjambées elle rejoint Bertha dans le salon de thé de leur première rencontre. Bien que celle-ci porte son tee-shirt et sa minijupe à l'envers afin de pouvoir à loisir en contempler les étiquettes euphorisantes : « taille 40 », elle est aussi triste que trois semaines plus tôt quand elle était boudinée dans les tailles 52. Allons bon ! Voilà qu'elle a le cœur gros… dans un soutien-gorge 85 B ! C'est inadmissible ! Mary est furieuse : mettez-vous à sa place – dans la mesure du possible ! A quoi ça sert qu'elle se décarcasse à exaucer des vœux si les bénéficiaires de sa baguette magique sont plus malheureux après qu'avant ? Bertha comprend la colère de Mary et essaye de l'apaiser :

— Si vous saviez ce qu'il m'arrive…

— Mais je le sais, pauvre idiote ! Vous oubliez que je suis une fée.

— Ah oui, c'est vrai.

— Je sais entre autres que vous avez tout lieu de vous réjouir au lieu de vous lamenter.

— Me réjouir, moi, après les coups sur la tête que j'ai reçus ce matin à la Résidence des Fées ?

Bertha parle au figuré : elle n'a pas été battue physiquement. Tout juste abattue moralement par ce que lui avait appris Liane avec dignité et résignation, en fait deux fois rien. Deux nouvelles lyophilisées qui diluées dans des larmes allaient devenir volumineuses. La première, le docteur

Léger était impuissant. Il avait bien ressenti au contact de Bertha des pulsions prometteuses. D'où son engagement vis-à-vis d'elle. Mais, devant l'échéance prochaine, il avait paniqué et tout espoir de redresser la situation s'était envolé. Définitivement. La deuxième nouvelle : bien que le traitement du diététicien ait pulvérisé tous les records de rapidité et d'efficacité, il ne lui en réclamait que le règlement convenu ! Soit une somme déjà fort rondelette.

Bertha paya… et qui plus est, remercia.

Cette scène entre elle et Liane s'était passée peu de temps avant l'arrivée de Mary à la Résidence des Fées. L'épouse du docteur Léger n'avait pas encore eu le loisir de la raconter à Natacha Lépo. Elle s'empressa de le faire dans la chambre d'où la diabolique représentante des Laboratoires Méphisto avait apparemment disparu. C'est ainsi que, tapie dans l'épaisseur de son miroir avec son magnéto, Mary découvrit et recueillit la vérité.

— Croyez-moi, Bertha, s'exclame la fée radoucie, une vérité qui a de quoi vous réjouir.

— Me réjouir ? Pour quelle raison ?

— Primo, votre beau Désiré n'est pas impuissant. Il est homo. En ménage avec Amadou Paluche. Ils vivent ensemble au premier étage. Quant aux deux femmes, qui ne sont leur épouse que sur les registres de la mairie, elles ont fait du rez-de-chaussée une succursale de Lesbos ! Les deux faux couples servent d'alibi aux deux vrais.

Bertha est abasourdie mais déjà plus gaie et montre une curiosité de bon augure :

— La seconde raison de me réjouir ? interroge-t-elle.

— Vous n'êtes pas la seule à avoir été piégée. Tous ceux et celles qui franchissent le seuil de la Résidence des Fées sont des victimes potentielles. Désiré et Amadou se chargent des gourmandes tout terrain dans votre genre.

— Liane et Natacha se chargent, elles, des hommes, je suppose ?

— Voilà ! Avec pour les unes comme pour les autres le scénario auquel vous avez eu droit.

— Avec la même fin ?

— Ah, ça oui ! Rassurez-vous ! Dès que l'un de leurs clients est sur le point d'atteindre le poids qui lui donnerait droit au septième ciel, ces messieurs truquent la balance avec un aimant qui attire l'aiguille vers la droite.

— C'était donc ça !

— Mais oui ! Et quand, décemment, ils ne peuvent plus tricher, Liane déclare son mari impuissant et Désiré déclare sa femme atteinte d'une maladie sexuellement transmissible.

De savoir qu'elle partage sa déconvenue avec un grand nombre de naïfs gourmands comme elle ragaillardit encore Bertha.

— Ai-je une troisième raison de me réjouir ? demande-t-elle.

— Oui ! Vous allez récupérer le gros chèque que vous avez laissé ce matin à Mme Léger.

— Comment ça ?

— Suivez-moi !

— Où ça ?

— Chez le commissaire La Ripaille.

Bertha blêmit et bredouille :
— La Ripaille !
— Oui.
Bertha exsangue, exhale :
— Aimé ?
— Oui ! Vous le connaissez ?
— … A moins que ce soit un homonyme.
— Ce serait étonnant ! Un nom pareil ça ne court pas les bottins téléphoniques !
— Nous nous sommes aimés il y a une vingtaine d'années. Malheureusement nous avons été obligés de rompre.
— Obligés ? Par qui ? Par quoi ?
— Nos kilos ! Nous en avions tellement entre nous deux que nous n'arrivions ni à nous enlacer ni à nous rejoindre… si vous voyez ce que je veux dire.
— Oui, je vois. C'est affreux !
— Insurmontable !
— Mais maintenant, peut-être que…

Un an plus tard…
La Résidence des Fées est devenue le siège social de la FOCT, le syndicat de Mary Christmas. Grâce aux témoignages de Bertha et à la cassette clandestine de Mary, les quatre filous : Désiré, Liane, Amadou et Natacha, ont été condamnés à une peine de « travaux reconnus d'utilité publique », en l'occurrence : poser des aimants à l'intérieur des pèse-personne de façon que l'aiguille prenne automatiquement une direction euphorisante.
C'est dans l'atelier où ils purgent leur peine,

pendant une pause-chocolat, que les ex-tortionnaires de gourmands lisent dans le carnet du jour du *Provençal* :

Bertha Bombance et Aimé La Ripaille
sont heureux de vous annoncer
la naissance de leur fille :
Marie-Fluette.

LE SURDOUÉ DU SEXE

Il était une fois un homme qui avait un électrosexogramme archiplat et qui rêvait d'y voir s'inscrire des pics d'érotisme vertigineux. Comme tous, me direz-vous. Certes ! Mais lui – Roger Palot, dit Roro –, à la différence de ses congénères, il ne se contentait pas d'en rêver avant de s'endormir, il croyait dur comme fer que le rêve deviendrait réalité. Cette belle certitude datait du jour où, bambin de cinq ans, il avait entendu une bohémienne du quartier chinois dire à sa mère : « Votre fils sera un empereur des sens ! »

A peine pubère, il a imaginé sa future carte de visite :

ROGER PALOT
Empereur des sens

Ah ! ce titre... Quelle revanche sur son nom dévalorisant, sur son physique banal, ses goûts sans originalité, son caractère sans relief ! Mais fallait-il encore que ce titre, il le méritât. Dès que la nature le lui permit, il s'y employa.

A partir de seize ans, il multiplia les aventures dans des genres très divers, avec des partenaires d'âges et de milieux également très divers. Quelque peu surpris, il fut bien obligé de reconnaître à travers ses nombreuses expériences et les commentaires de celles qui les partageaient qu'il n'avait pas un tempérament hors pair. Pas davantage de ces curiosités, de ces audaces qui vous ouvrent simultanément les portes de l'enfer et celles du paradis. Bref, qu'il n'était pas coulé dans le bois qui fait les marquis de Sade ou les Restif de la Bretonne.

Cette légère déconvenue n'entama cependant en rien son mental d'érotomane potentiel. Il pensa simplement qu'il était de ceux – assez rares – dont la sexualité ne se développe que dans l'intimité journalière du conjungo. En conséquence, il décida de se marier. A la trentaine. Il se choisit une gentille Nana (diminutif de Nadine) très prometteuse, comme la Nana de Zola à la verticale, mais, elle, très décevante à l'horizontale. Bonne épouse, mais piètre hétaïre, elle était comme lui, moyenne sous tous rapports (spécialement les rapports sexuels) ; comme lui, fonctionnaire des sentiments et de la Sécurité sociale.

A partir de trente ans, comme un coureur (en compétition dans un stade) il se tint prêt à partir (sprint ou course de fond), l'œil rivé sur la ligne d'arrivée. En l'occurrence le nirvana. Hélas, il n'alla jamais plus loin que Vesoul. Et encore quand ses semelles ne se collaient pas aux starting-blocks !

A partir de quarante ans, il s'efforça de penser que l'âge n'entre pas en ligne de compte pour la sexualité, qu'elle peut engendrer des vocations tardives aussi bien que précoces et que lui était concerné par le premier cas.

Le temps passant, il continue à ne rien voir venir, sinon sa libido qui louvoie, les débandades qui redoubloient, et… sa Nana qui larmoie, car elle, fait aggravant, n'a pas du tout son électro-sexogramme qui chutoie. Au contraire ! Sous l'effet du célèbre postulat de Carmen : « Si tu ne m'aimes pas, je t'aime », plus son Roro se refroidit, plus elle, elle s'échauffe ; plus il la fuit, plus elle court après. Cercle vicieux (le mal nommé en la circonstance) qui conduit Roro à la vertu. Ce que Nana traduit par ce lapsus explicite : « Mon pauvre bonhomme, entre toi et moi c'est la guerre de cessation. »

Roger Palot le regrette vraiment beaucoup, car en dehors de cela, pas le moindre nuage dans le ciel conjugal. Le bleu quotidien. Pâle, d'accord, mais bleu quand même.

Pour raviver cette couleur et parallèlement son désir, il se raccroche à la prédiction de la bohémienne, datant maintenant de… de… Eh oui, quarante-quatre ans… puisqu'il en avait cinq et qu'il en a… ma foi…

A quarante-neuf ans, il s'octroie un dernier sursis et déclare à Nana, avec une méritoire conviction, que le jour même où il deviendra quinquagénaire, ils pourront homologuer dans le lit conjugal un exploit exceptionnel, voire « paroxystique » (mot qu'il avait appris peu avant, grâce aux *Jeu des 1 000 francs*). Il affirme que :

— Le 2 février 2002, jour de mon anniversaire,

sera pour nous la date de la grande explosion. La date fatidique.

— Celle qui est marquée par une intervention du destin, se plut à préciser Nana, fière d'avoir retenu cette définition qu'elle avait découverte en regardant avec Roro... *Questions pour un champion*.

Les époux Palot accrochèrent leurs derniers espoirs à cette date. Roro l'attendit avec de plus en plus d'appréhension, au fur et à mesure que les jours, les semaines, les mois passaient. Nana avec de plus en plus d'impatience.

Peu à peu une certaine tension s'installa dans le couple. Converti à la méthode Coué, Roro répétait tous les soirs avant de s'endormir comme une souche : « Ça va être paroxystique ! Ça va être paroxystique ! Ça va être parox... » RRRon !

A la longue, agacée par ces perspectives « ronflantes » un jour Nana laissa échapper :

— En tout cas, mon pauvre bonhomme, pour le moment, c'est ton abstinence qui est paroxystique !

Encore moins bien que le reste Roro supportait ce « pauvre bonhomme » dont de plus en plus souvent sa femme le gratifiait, elle qui l'appelait autrefois « mon empereur chéri » et naguère « mon Roro d'amour ». Alors, il se mit, lui, à l'appeler « Bobonne », ou pire « Bombonne », à fredonner à tout bout de champ l'hymne au désamour de Charles Aznavour : *Tu te laisses aller*, à laisser traîner des magazines où s'exhibaient des top models, dont il ne cachait pas à Nana qu'avec des sirènes de ce calibre-là il aurait tôt fait de réaliser la prédiction de la bohémienne.

Deux d'entre elles surtout valaient selon lui leur pesant de Viagra. Les deux tops des tops, celles que s'arrachait le Tout-Pub. Le Tout-Mode. Le Tout-Média. Carla, la brune Brésilienne, et Hanaël, la blonde Scandinave.

En dehors d'une silhouette et d'un visage à déprimer les moins complexées des femmes, elles avaient à la place des yeux quatre glaçons… qui irradiaient du feu. Ah ! Embrumer ces regards-là ! Malmener ces corps-là ! Arracher des cris à ces bouches-là !

A tour de rôle, Carla et Hanaël alimentaient l'usine à fantasmes de l'inhibé Palot, fantasmes qui demeuraient bien anodins car même en rêve, ces deux déesses mythiques l'impressionnaient. Le culte qu'il leur vouait, avec plus de fanfaronnade que d'efficacité, suscitait chez Nana plus de commisération que de jalousie.

N'empêche qu'à ce petit jeu-là, chez les Palot la pression commença à monter… monter… monter, au point d'atteindre un jour les oreilles de Mary Christmas, en train justement de feuilleter sur son nuage le dernier numéro de *Ciel Hebdo*, truffé des photos virtuelles de Carla et d'Hanaël. Mary se pencha pour repérer la source de la pression, découvrit la marmite conjugale des Palot, et tout au fond l'idée fixe de Roro. Elle s'en amusa d'abord, puis s'en émut et se fit une fête autant qu'un devoir d'accréditer la prédiction de la bohémienne. Elle chercha à quoi elle pourrait bien shooter Roger le 2 février 2002 pour qu'il décroche enfin sa couronne d'empereur des sens, sans qu'une fois le sacre passé, ni lui ni sa brave Nana n'aient à en souffrir. Comme elle était une fée, elle trouva et mit au point à l'intention de Roro un subtil tour de passe-passe.

La veille du jour – qui devait être pour Roger Palot « paroxystique » –, sa mère prénommée Michèle l'avait invité – ainsi que sa femme, à dîner avec quelques amis labellisés « boute-en-train », afin « d'enterrer ta quarantaine dans la bonne humeur », avait-elle dit à son fils qu'en bonne mère elle pensait être un surdoué de la turlutte.

Malgré les efforts des uns et des autres, le principal agrément de cette soirée fut qu'elle ne s'éternisa pas.

A vingt-trois heures trente, les Palot ont déjà regagné leur domicile.

Au premier coup de minuit, Nana souhaite avec beaucoup de gentillesse au nouveau quinquagénaire un heureux anniversaire.

A l'ultime coup de minuit, elle lui souhaite, avec un rien d'ironie, son bouleversement paroxystique.

Il répond à ce dernier souhait par un « bof… » mi-philosophe, mi-désabusé.

— Tu n'y crois plus ? demande-t-elle.

— Encore un peu… jusqu'à demain.

Roro a l'air si triste que Nana a envie de l'embrasser amicalement, mais se l'interdit de peur qu'il aille s'imaginer que…

Elle a l'air si compatissante qu'il a envie de lui

prendre la main, mais se retient de peur qu'elle croie que…

Ils vont se coucher côte à côte, leurs regrets entre eux.

Roro est réveillé par la sonnerie du téléphone. Après avoir constaté qu'il est seul dans le lit, il décroche et entend au bout du fil une voix inconnue, claire comme de l'eau de source, que spontanément il qualifie de « séraphique », mot qu'il connaît depuis avril 1989, toujours grâce au *Jeu des 1 000 francs*, mais qu'il n'avait jamais eu l'occasion d'employer.

— Allô, monsieur Roger Palot ?

— Lui-même !

— C'est bien vous qui attendez un événement paroxystique ?

— Comment le savez-vous ?

— Je suis une fée.

— De la radio ou de la télé ? demanda Roro en habitué des miracles médiatiques.

— Non ! Une vraie fée.

— Ça existe ?

— Vous voulez une preuve ?

— Ben oui… quand même !

— OK ! Eloignez un peu l'appareil de votre oreille.

Roger obtempère et voit sortir de l'écouteur presque aussitôt une carte de visite sur laquelle il lit : « Mary Christmas. Fée franco-mondialiste. 333e nuage. Voie lactée. Ciel Cedex. »

A peine a-t-il déchiffré le dernier mot que la carte se désintègre entre ses doigts… en même temps que le doute dans sa tête :

— C'est supergénial, Mary, s'exclame-t-il, tout de suite familier. J'ai vraiment l'impression de rêver !

— Non ! Surtout pas ! A partir de maintenant, quoi qu'il vous arrive, sachez que vous ne rêvez pas, que vous n'êtes pas fou et que vous devez impérativement considérer comme normal ce qui risque de vous paraître bizarre. Compris ?

— Message reçu six sur cinq, affirme Roro dans un excès de zèle.

— Alors je vous laisse.

— Attendez !

— Quoi ?

— Le cas échéant, où puis-je vous joindre ?

— Tapez sur la touche « étoile » de votre clavier téléphonique.

— Evidemment ! J'aurais dû y penser.

— Attention ! Embarquement immédiat pour votre voyage... paroxystique !

Le téléphone raccroché, Roger Palot guette le vrombissement d'un train, d'un avion, d'une fusée, le craquement de la terre ou, qui sait ? le souffle d'une aile d'ange.

Il n'entend dans la salle de bains voisine que le clapotis familier de Nana barbotant dans son bain. Comme le bruit perdure au-delà du temps qu'elle consacre en général à ses ablutions, il se lève et à travers la porte demande à sa femme si elle compte séjourner encore longtemps dans les lieux.

— Oui, lui répond-elle, mais si tu veux, tu ne me déranges pas du tout. Au contraire ! Viens !

— Non ! Non ! Je peux attendre. Je vais juste prendre ma robe de chambre, car je n'ai pas chaud.

Il entre et tend aussitôt la main vers les patères situées à gauche du lavabo, en face de la baignoire. Machinalement, il jette un œil dans la glace et y aperçoit, en dehors de son visage chiffonné par la nuit, le reflet d'une jambe longue, ferme, lisse et d'une couleur évoquant le chocolat clair ou le café au lait foncé ; de toute façon pas la couleur spécifique de Nana qui évolue entre le sirop d'orgeat l'hiver et le Vittel fraise l'été. La jambe émerge d'un flux de mousse aussi onctueux que dans un spot publicitaire, flot qui se retrouve plus haut sous l'irrésistible pression de deux obus de bronze, ton sur ton avec la jambe de gazelle, ainsi bien entendu qu'avec le cou de nymphe et le visage de madone qui les surplombent.

Roger Palot se retourne, plus blanc que le lavabo auquel, sous le choc visuel, il s'est agrippé. Il ouvre la bouche pour crier : « Carla ! » mais l'émotion bloque le nom dans sa glotte. Il y reste fiché comme une arête de carpe, poisson auquel à cet instant Roger fait un peu penser.

— Qu'est-ce que tu as, mon pauvre bonhomme ? demande la créature qui squatte la baignoire.

Roro est abasourdi : la créature l'a appelé « mon pauvre bonhomme », comme Nana ; avec la voix de Nana ; la sollicitude de Nana ; mais... le tout transcendé par l'insolente beauté de Carla.

Visiblement inquiète du mutisme prolongé de Roro, de plus en plus « carpéen », la créature jaillit de l'onde, enjambe la baignoire avec une innocente indécence et le recueille dans ses bras, au bord de l'évanouissement. Beaucoup plus grande et plus musclée que Nana, elle l'aide à regagner le lit conjugal, puis, étendue près de lui, entreprend de le rassurer du geste et de la parole :

— Ne t'inquiète pas, mon bonhomme, ce n'est rien. Sans doute une mauvaise digestion. Notre souper d'hier soir a dû mal passer : la ballottine de canard était trop grasse. La dinde trop épicée. Le saint-honoré trop crémeux. Et le champagne de notre mère Michèle trop sucré. Ton foie a renâclé. Quand le docteur von Scalpel t'a enlevé la vésicule, il t'a prévenu qu'à partir de maintenant il faudrait y aller « mollo sur la tortore ».

C'était vrai. Tout était vrai. Le menu du dîner d'anniversaire. La mère Michèle. Le foie. La vésicule. Le docteur von Scalpel. Son conseil, traduit dans le langage de Nana. Ahurissant ! Les souvenirs de Nana se glissaient entre les dents éblouissantes de Carla ; ses gestes d'infirmière dévouée empruntaient la grâce naturelle du top model ; sa tendresse débordait des yeux noirs de la Brésilienne.

Roger Palot, sur le point de défaillir, se rappelle à point nommé la recommandation expresse de Mary Christmas de trouver l'anormal normal et réussit à se maîtriser. Petit à petit, il finit par admettre que sa bobonne a pris l'apparence d'une déesse mythique, qu'elle est devenue en quelque sorte « Nana-peau-de-mythe », l'idéal quoi ! La sécurité du conjungo avec les délices de l'adultère.

Pourtant, quand après des méandres savants sur le buste de Roro, les doigts de Nana-peau-de-mythe veulent poursuivre vers le sud leurs investigations, il ne peut réprimer un mouvement de pudeur qui fait fuser le rire de Nana… sur la bouche de Carla ! Il en perd la raison et du coup retrouve ses plus virils instincts. Résultat : un séisme passionnel à faire péter toutes les échelles de Richter du sexe ! Sur le plan de l'intensité, de la durée et de la recherche, ses ébats avec Nana-peau-de-mythe sont vraiment paroxystiques ! Impossible d'éprouver plus de plaisir, de découvrir plus de volupté.

Impossible ?

Eh bien non ! Impossible n'est pas féerique.

Après trois heures d'un sommeil… moins réparateur qu'il ne l'aurait souhaité, Roro se réveille, au doux bruit d'un clapotis d'eau, en provenance de la salle de bains. Exactement comme le matin. Comme le matin aussi, il se lève et se dirige vers la porte derrière laquelle il imagine la divine créature de ses rêves d'hier et de sa réalité d'aujourd'hui en train de barboter, toujours comme le matin. Mais Mary Christmas a plus d'imagination que Roro. Deux fois plus. Et donc, quand celui-ci entre dans la salle de bains, il croit voir double : deux cuisses de gazelle, quatre irrésistibles obus, deux cous de nymphe, deux visages de déesse émergent cette fois d'un flux de mousse aussi onctueuse que dans un spot publicitaire. La moitié des splendeurs susnommées porte les couleurs brésiliennes de Carla. L'autre moitié, les couleurs scandinaves d'Hanaël, sa blonde consœur. Et comme si ça ne suffisait pas, Hanaël a, comme Carla, la voix, les mots, la tendresse de Nana :

— Tu vas bien vouloir de moi, mon bonhomme chéri ? demande-t-elle avec une humilité insolite dans sa bouche volontiers dédaigneuse sur ses photos.

De nouveau, grâce à la recommandation de Mary Christmas, Roro parvient à surmonter sa stupeur et son trouble, puis, petit à petit, à montrer sa joie. Les deux Nana-peau-de-mythe lui prouvent la leur sans lésiner. Avec un ensemble digne d'une médaille d'or de danse synchronisée aux jeux Olympiques, elles surgissent de l'onde, enjambent la baignoire et recueillent dans leurs quatre bras Roro au bord cette fois de l'apoplexie. Après quoi, elles se désynchronisent pour lui prodiguer le double de réconfort, le double d'attentions, le double de caresses, le double d'extase. Résultat : un deuxième séisme paroxystique qui, celui-ci, fait péter les coronaires du nouveau quinquagénaire.

Animées par le dévouement et le sens de l'organisation de Nana, Hanël et Carla appellent le Samu. Une équipe d'urgence intervient assez vite pour éviter le pire et permettre le transfert du malheureux Palot à l'hôpital.

Il y reprend connaissance au milieu d'une forêt de tuyaux. Il distingue vaguement au pied de son lit les silhouettes d'un homme en blanc et de deux femmes en noir. Au prix d'un effort immense il émet un gémissement qui attire l'attention de ses trois anges gardiens. Seul le blanc vient vers lui. Les deux autres disparaissent… comme par enchantement.

— N'essayez pas de parler, lui dit le médecin, vous devez observer le repos le plus absolu.

Néanmoins, le médecin lit dans les yeux du

malade une telle angoisse qu'il juge plus salutaire de le renseigner que de se taire :

— Vous êtes à la Salpêtrière. Je suis le cardiologue qui était en service cette nuit quand on vous a amené ici, en assez mauvais état. Vous veniez d'avoir un accident cardiaque... à la suite d'exploits inconsidérés. Heureusement que votre femme a mieux tenu le coup que vous ! Elle a montré un sang-froid et une efficacité remarquables. Franchement, sans elle, vous ne seriez plus là. Vous pourrez la remercier. Mais pas avant quelques jours. J'ai interdit toutes les visites, y compris les siennes. Je lui ai seulement permis de prendre de vos nouvelles matin et soir par téléphone. Elle était tellement désemparée.

Roro mobilise tout son potentiel de réflexion. Il se repasse la bande-son du toubib. « Votre femme... », « elle a montré... », « je lui ai permis... ». Pas un seul pluriel dans tout ça ! Comme c'est singulier !

En dépit de toutes les questions sans réponse qui ne cessent de l'agiter (ou peut-être à cause d'elles), Palot remonte la pente avec une rapidité quasi miraculeuse.

Le matin de son cinquième jour d'hospitalisation, le cardiologue peut lui annoncer la première visite de son épouse. Toutefois, partisan de la médecine-vérité, il prévient le miraculé :

— Vous êtes encore très fragile et le resterez jusqu'à la fin de vos jours. Donc, plus question pour vous de prouesses amoureuses, dans le genre de celles qui ont failli vous coûter la vie.

— Vous êtes au courant ?

— Forcément ! Il a bien fallu que votre femme me raconte ce que vous aviez fait pour en arriver là.

— Aaahh... elle ne m'en veut pas trop ?

— Vous plaisantez ! Elle était encore éblouie par vos performances !

— Vraiment ?

— Hélas oui !

— Pourquoi hélas ?

— Parce que maintenant, tout ça... terminé ! Pour vous, une seule alternative : l'abstinence totale ou la mort !

Choix douloureux... mais vite résolu : si Mary Christmas reconnectait Roro sur Nana, il opterait sans problème pour l'abstinence. Mais si Mary le reconnectait sur les deux autres ou même sur une seule... pas question qu'il résiste à la tentation.

Normal ! Si le toubib lui avait interdit de boire, face à du gros bleu... rien de plus simple. Mais face à une bouteille de cheval-blanc ou de pétrus... rien de pire !

Donc le choix dépendait de ce que Mary Christmas allait lui envoyer. Il ne tarde pas à le savoir. La porte de sa chambre s'entrouvre doucement. Qui est derrière ? La mort ou l'abstinence ? Le couperet ou le sursis ? Le cheval-blanc ou...

C'est le gros bleu !

Ouf ! Apaisante Nana avec sa parka de Bibendum, son pantalon de zouave et ses yeux de Pluto !

Nana, la diète-symbole !

Nana, la flop-model !

Mais Nana-la-tendresse.

— Ça va ? demande Roro à sa sauveuse (tiens ! voilà bien un féminin qui manque !).

— Plutôt bien !

— Tu es toute seule ?

— Ben oui !

— Et à l'appart, il y a quelqu'un ?

— Ben… non !

— Tu es sûre ?

— Ben… oui !

Le cardiologue s'éclipse après avoir recommandé à Nana de ne pas rester longtemps. Elle le lui promet. Elle ne s'assied que d'un bout de fesse sur le bout d'une chaise, comme une dame en visite et garde sur ses genoux sa besace en toile et un sac en plastique. Elle demande timidement :

— Il t'a dit, le docteur ?

— Quoi ?

— Ben… qu'il ne faudrait plus… enfin qu'il ne faudrait pas…

— Oui ! Ça t'embête ?

— Plus maintenant !

— Pourquoi ?

— Le 2 février, j'ai fait le plein d'amour. Je peux rouler avec mes souvenirs jusqu'à la fin de mes jours.

— Ah ?

— Pas toi ?

— Ah si ! C'était…

— Paroxystique !

Le mot soulage Palot. Il n'a donc pas rêvé. Le 2 février 2002, il a bel et bien explosé dans les quatre bras de Nana-peau-de-mythe. Et il va pouvoir en reparler avec sa gentille Nadine jusqu'au restant de ses jours. Quel bonheur ! Et quel dommage qu'elle annonce déjà son départ :

— Il faut que je passe aux Télécom leur reporter le téléphone, explique-t-elle en montrant son sac en plastique.

— Pourquoi ?

— Eh bien, figure-toi que ce fameux 2 février 2002, au moment de ton couac, tu t'es affalé, les bras en croix, et ta main a heurté le téléphone sur la table de chevet.

— Et alors ?

— Alors, la touche « étoile » a sauté.

— Où ça ?

— Mystère ! Je l'ai cherchée partout. Je ne l'ai trouvée nulle part.

Cette fois, Roro a du mal à dominer son trouble et c'est d'une voix tremblante qu'il demande :

— A quelle heure au juste c'est arrivé ?

— Pile au douzième coup de minuit. Ça m'a frappée.

Mary Christmas aussi ça l'a frappée… au creux de l'oreille. Là où est tombé un minuscule objet qui a déclenché une sonnerie d'alarme : la touche « étoile » du téléphone de Roger et Nadine Palot.

L'IMBÉCILE MALHEUREUX

Il était une fois deux imbéciles qui habitaient sur le même palier. L'un, Benoît Lépanouy, était le prototype de l'imbécile heureux, à cent lieues de penser qu'il était bête. L'autre, Victor Lincertain, était le prototype de l'imbécile complexé, juste assez intelligent pour se rendre compte de l'insuffisance de son QI.

Le premier était entouré d'un essaim de « vibrionnantes » qui s'extasiaient sur son humour gé-nial et sur ses connaissances encyclopédiques in-cro-ya-bles, limitées bien entendu aux vedettes médiatisées dans le domaine artistique, sportif ou politique.

Le second, lui, était flanqué épisodiquement d'une mégère méprisante, Loulou, qui ne manquait pas une occasion de chanter les louanges de son voisin : « Ah ! Benoît, s'exclamait-elle, il m'en a encore raconté une… j'étais pliée en deux ! » Ou encore : « Benoît m'a expliqué des trucs sur la politique : je n'ai pas tout compris. C'était super ! Je me demande où il va prendre tout ça ! » Victor avait envie de lui répondre : « A la télé ! », mais il s'en gardait bien car il savait que Loulou lui aurait conseillé vertement d'en faire autant. Or, il n'avait aucune envie de se réveiller comme Benoît avec Dame télévision, de s'endormir avec elle, de passer ses insomnies, ses repas et ses loisirs avec elle. Et de la laisser branchée même pendant ses ébats…

Lui, Victor, au contraire, sélectionne exclusivement les émissions susceptibles de lui apprendre quelque chose sur n'importe quel sujet. Il essaye de glaner çà et là quelques brindilles de savoir en zappant sur les chaînes thématiques du câble, lorsque Loulou est absente – ce qui ces derniers temps lui arrive de plus en plus souvent. Parfois aussi, les soirs où le petit écran lui propose par hasard une nourriture trop lourde pour la capacité de son esprit, Victor va étancher sa petite soif de curiosité dans des livres défraîchis qu'il achète chez un vieux libraire de son quartier et qu'il choisit uniquement d'après leurs titres et leurs couvertures. C'est ainsi qu'aujourd'hui son regard a été attiré par *Le Conte des faits… d'une fée*, illustré par une créature ravissante, étrange, hybride, avec des rollers aux pieds et une baguette magique à la main. Il a vraiment eu l'impression qu'elle lui faisait un clin d'œil. Il n'a pas résisté. D'autant moins que le marchand lui a affirmé qu'elle existe pour de vrai. Il est un peu braque, le marchand, mais quand même…

Victor ouvre le livre, y plonge, s'y enfonce dans le grand bleu, fasciné par cette Mary Christmas – car c'est d'elle qu'il s'agit –, cette fée binaire circulant avec aisance entre ciel et terre, entre hier et aujourd'hui, entre rêve et réalité.

Il est cinq heures du matin quand Victor referme

l'album. Il regarde à nouveau la jeune fille de la couverture. A nouveau il a l'impression qu'elle lui fait de l'œil. Il hausse les épaules. Il se dit que ce sont ses yeux à lui qui clignent… à cause de la fatigue. Encore que… il ne se sent pas du tout fatigué. Au lieu d'aller se coucher, il va chercher son Polaroïd et s'apprête à photographier celle que déjà dans sa tête il appelle familièrement Mary. Il étudie le meilleur éclairage, le meilleur angle puis déclenche l'appareil. Il attend les quelques minutes nécessaires et enfin sort le cliché. Blanc ! Pas seulement pâle. Pas en instance de se colorer. Blanc ! Il recommence l'opération. Une fois. Deux fois. Toujours blanc ! A la troisième fois, il entend derrière lui :

— Je suis là !

C'est une voix douce, mélodieuse, angélique. Pas celle de Loulou. Il se retourne. Il « la » voit exactement comme elle est sur la couverture du livre. Comme elle aurait dû être sur la photo. Il croit à une hallucination, toujours à cause de la fatigue. Encore que… Mais voilà qu'elle bouge, qu'elle vient à lui, qu'elle lui flanque une grande bourrade dans les côtes et qu'elle lui dit avec sa voix toujours aussi douce, mélodieuse et angélique :

— Excusez-moi, je passais dans le quartier. J'ai vu de la lumière. Je suis montée.

— Ce n'est pas vrai ! soupire Victor, imperméable à l'humour même en temps ordinaire. Alors là…

— Non ! Ce n'est pas vrai ! Il y a un moment

que je vous ai à l'œil. Vous avez vu, d'ailleurs, je vous ai fait un petit signe sur la couverture.

— Ce n'était donc pas une illusion ?

— Non, je voulais attirer votre attention.

— Pourquoi ?

— Je voulais que vous lisiez ce livre et qu'à travers lui vous sachiez un peu qui je suis. Ça facilitera notre conversation, comme moi je sais qui vous êtes…

— Ah bon ? Qui vous a renseignée ? Lépanouy ? Loulou ?

— Non ! Pascal !

— Pascal qui ?

— Pascal, c'est son nom de famille. Blaise Pascal.

— Connais pas ! Il travaille dans quoi ?

— Disons pour simplifier… dans l'intelligence.

— L'Intelligence Service ? Le renseignement ?

— Non ! Le domaine de l'esprit. Il est à la fois savant, penseur et écrivain.

— Alors il est passé chez Pivot ?

— Non… Il est né en 1623.

— En 1623 !

— Oui. Et il est mort en 1662.

— En 1662 ! Mais comment me connaît-il ?

— Comme il connaît de vue – de longue vue – tous ceux qui habitent la rue Pascal, sa rue.

— Sa rue !

A partir de là, Victor Lincertain, sous le coup de la stupéfaction, ne cesse de répéter les informations que lui donne Mary Christmas. Ce systématique doublement des phrases rendant leur dialogue fastidieux, je n'en transcrirai pas ici l'intégralité, mais l'essentiel :

Le brave Victor n'arrive pas à croire que depuis trois cent quarante ans ce M. Pascal, grisé d'avoir gagné un pari très malin... grâce à Dieu, est devenu « là-haut » un accro du pari stupide. Il n'arrive pas à croire que ce grand homme s'est amusé – entre deux pensées – à parier que le minus Lincertain allait devenir une lumière. Il n'arrive pas à croire que ce génie, agacé comme un imbécile à l'idée chaque jour plus vraisemblable de perdre ce pari-là, a demandé à Mary Christmas qu'elle se mêle de cette affaire et le fasse gagner. Il n'arrive pas à croire enfin que la fée a souscrit à cette requête, non pour être agréable à ce vieux fou de Blaise – elle l'appelle Blaise... depuis le temps ! – mais pour lui être agréable à lui, Victor (vous permettez que je vous appelle Victor ?), pour récompenser sa modestie. Il n'en revient pas. Elle est obligée de lui expliquer qu'à une époque où tant d'ignorants affirment, plastronnent, se pavanent, où tant de grenouilles s'enflent comme des bœufs, où tant de pies et de perroquets déploient des plumes de paon, l'opinion injustement dépréciative qu'il a sur lui-même, l'a touchée, comme la touche à présent son obstination à juger objective cette opinion :

— Je suis un imbécile, répète-t-il. Je le regrette au plus profond de moi-même, mais je suis un imbécile !

— Non ! Si vous l'étiez vraiment, vous ne vous en rendriez pas compte, comme votre voisin Lépanouy, et vous n'en souffririez pas.

Cette évidence pénètre petit à petit dans le cerveau de Victor qui, après l'avoir digérée, en tire cette question attendrissante d'incrédulité :

— Je ne suis pas intelligent quand même ?

— Non. Mais vous méritez de l'être.

— Et je vais le devenir, comme ça, subitement ? Grâce à vous…

— Subitement ou progressivement, selon votre souhait.

— C'est-à-dire ?

— Préférez-vous que votre QI grimpe au top niveau en une seule fois ou en plusieurs ?

Victor, pusillanime de nature, choisit la deuxième proposition :

— J'aime mieux m'habituer lentement. Mais pas trop quand même.

— Trois échéances, ça vous va ? La première tout de suite, avec un tiers de QI en plus. La deuxième dans un mois jour pour jour. Même endroit. Même heure. Un nouveau tiers supplémentaire. Et la troisième, encore un mois plus tard. Toujours même endroit. Même heure. Le plein de QI. Vous êtes d'accord ?

— A priori, oui, mais… s'il vous arrive quelque chose ? Un empêchement ? Un accident ?

— Voyons, Victor… je suis une fée !

— Ah oui ! C'est vrai.

— Alors, cette fois, je peux y aller ?

— Encore une seconde ! Ça ne va pas être trop douloureux ?

— Du tout ! Ça se fait par l'opération du Saint-Esprit : c'est indolore.

— Mais je suppose qu'il y a un temps d'assimilation, de rééducation ?

— Non, l'effet est immédiat. Je vais effleurer votre cerveau du bout de ma baguette. Et hop ! Vous en aurez un autre. Enfin… le même, mais la taille au-dessus. Livré avec les connaissances qui vont avec.

— C'est fantastique !

— C'est le mot !

Victor ne sourit pas. Il pose sur Mary le vaste regard de l'imbécile malheureux, soupçonnant qu'il y a quelque chose à comprendre mais qu'il est incapable de saisir. C'est pathétique. Il est temps d'agir. Mary s'empare de sa baguette magique, la pointe sur le front de Victor. Il en jaillit l'équivalent d'une fusée de feu d'artifice un 14 Juillet à Trou-les-Bains, puis Mary s'accroche à la première étincelle qui passe pour rejoindre son nuage.

Victor se retrouve seul avec cette sensation, commune à tous ceux qui ont rencontré la fée, de sortir d'un rêve. Il se rappelle chaque détail du sien : la façon dont elle était habillée ; le son de sa voix ; les mots qu'elle a employés ; l'histoire de Blaise Pascal, l'auteur des *Provinciales*, des *Pensées*, des *Expériences nouvelles touchant le vide*, et à seize ans d'un *Essai sur les coniques*. Victor fronce soudain deux sourcils étonnés : les œuvres de Pascal qui viennent de lui venir spontanément à l'esprit, il ne les connaissait pas. C'est évident puisqu'il ne connaissait même pas son nom – sinon par sa rue. Et voilà que maintenant, sans lui être familier, il le situe très bien professionnellement et socialement. D'un geste machinal, Victor touche sa tête. Un doute vient d'y poindre : Mary Christmas existerait-elle pour de bon et lui aurait-elle réellement gonflé le QI ? Il essaye de rassembler ses esprits et y parvient sans la moindre difficulté : décidément, il y a quelque chose de changé sous son crâne.

Il va prendre le livre *Le Conte des faits... d'une fée*, par lequel tout a commencé. Il voit, collée sur la couverture par une étoile adhésive, la carte de visite – bleu ciel ! – de Mary Christmas. Cette fois, le doute n'est plus permis : la fée est bel et bien venue chez lui et elle l'a bel et bien rendu plus intelligent. Un peu plus intelligent. Un tiers plus. Il regrette aussitôt de n'avoir pas choisi, comme elle le lui a proposé, d'atteindre les cimes intellectuelles en une seule fois. Mais il ne peut décemment pas s'en vouloir : c'était du temps où il était encore un imbécile !

Avec tout ça, j'ai oublié de vous dire que Benoît Lépanouy et Victor Lincertain travaillent dans un salon de coiffure très huppé, au succès duquel ils contribuent beaucoup. Victor n'a pas son pareil pour couper les cheveux des clientes... mais en silence. Benoît, lui, sait mieux que quiconque les distraire avec ses potins mondains, ses plaisanteries égrillardes, ses conseils d'« homme qui sait de quoi il cause ». Le premier est le roi des ciseaux. Le second, le roi du bagout.

Et puis voilà que du jour au lendemain Victor sort de son mutisme pour tenir des propos pertinents, émettre des jugements judicieux sur les spectacles et les livres en vogue, pour trouver des solutions astucieuses aux problèmes insolubles de ces dames. Voilà que le temps passant, les têtes féminines se tournent de plus en plus souvent vers lui, provoquant l'ironie de plus en plus grinçante de Benoît… Eh oui ! L'imbécile heureux vire tout doucettement à l'imbécile envieux. Voilà aussi que Loulou redevient plus présente, plus câline – voire un peu trop – et conciliante comme elle ne l'a jamais été. Pourtant elle aurait de quoi récriminer : tous les soirs, au lieu de regagner directement son domicile où elle l'attend, Victor passe chez son vieux libraire, discute avec lui de ses dernières lectures, de l'évolution surprenante de ses goûts, des 90 % encore inemployés du cerveau humain. Il rentre tard, sans un mot de regret ni d'excuse. Il dîne sans un compliment pour les plats qu'elle a préparés. Histoire d'être quand même sociable, il lui demande : « Quoi de neuf ? » Alors, toute contente, elle lui raconte sa journée par le menu. Des détails sans intérêt succèdent à des remarques niaises. A l'ennui qu'il éprouve en l'écoutant il mesure l'importance de son changement de QI. Si celui-ci augmente encore d'un tiers comme Mary Christmas le lui a promis, il se demande comment il pourra supporter l'insignifiance de Loulou. La réponse s'impose à lui, le lendemain de la deuxième intervention de Mary Christmas qui a lieu à la date, à l'endroit, et à l'heure prévus, pendant que Loulou oublie, dans un sommeil médicamenteux, l'indifférence incompréhensible (pour elle) de Victor à son égard.

Quand elle se réveille, Victor est sur le point de partir. Elle essaye de le retenir d'un regard prometteur, d'un sein provocant, d'une voix caressante :

— Tu ne devineras jamais ce que j'ai rêvé.

— Hé… si ! Tu as rêvé que nous nous livrions à des exploits d'un érotisme sans précédent ; que j'osais tout ; que tu me permettais tout ; que j'étais le maître ; toi l'esclave ; et qu'ensemble nous surfions sur les crêtes du plaisir et de la jouissance.

— Comment as-tu deviné ?

— C'est le rêve attrape-nigaud inventé par toutes les femmes soucieuses de rattraper par les sens un homme qui leur échappe… par ailleurs.

Loulou, trop surprise pour nier, avoue sans ambages :

— Alors là, tu m'en bouches un coin ! Tu devrais faire voyant !

— Il ne s'agit pas de voyance. Tout au plus d'un certain sens de la psychologie féminine.

Loulou qui appartient, comme Lépanouy, à la catégorie des imbéciles qui ne le savent pas, ne se tient pas pour battue et décide de changer sa tactique :

— OK ! dit-elle, on joue cartes sur table. Je ne suis pas idiote (phrase médaille des imbéciles heureux !). Je me rends très bien compte que depuis quelque temps entre nous ce n'est plus comme avant. Et pour moi qui connais bien les mecs, il n'y a qu'une explication possible : tu as quelqu'un d'autre. Je me trompe ?

— Oui. Je n'ai pas quelqu'un d'autre, comme tu dis. Je suis un autre. Un autre qui n'a rien de commun avec toi, qui est aussi incapable de te parler que de t'écouter. Un autre qui te prie, dans ton propre intérêt, de le quitter définitivement. Le plus vite possible. Un autre qui s'en va, le cœur léger à l'idée de ne pas te retrouver ce soir.

La porte à peine refermée sur ces mufleries, Loulou téléphone à Lépanouy qui, portable à l'oreille, est en bas de l'escalier… avec Victor, en partance comme lui pour le salon de coiffure. Heureusement, Loulou se contente des réponses monosyllabiques de son interlocuteur. Elle n'a besoin que d'expulser sa colère. Ça dure… ça dure… jusqu'au moment où Lépanouy, n'ayant plus rien à apprendre de la délaissée, met fin abruptement à la communication, pour pouvoir interroger le déserteur.

— Alors, il paraît que tu as lourdé Loulou ?

— Oui. Je n'avais plus rien à lui dire.

— C'est pas une raison. Elle a un cul qui parle pour deux.

Suit un rire qui explose dans le QI supplémenté de Victor et le pousse à cet aveu dépouillé d'artifice :

— D'ailleurs, je n'ai plus rien à te dire à toi non plus. Pas davantage à tous ceux qui fréquentent le salon de coiffure : les employés ou les clientes. C'est pourquoi je vais me tourner vers une autre activité, correspondant à mes nouvelles aspirations et possibilités. Je me sens désormais à l'étroit dans l'univers capillaire.

Lépanouy est tellement sidéré qu'il ne pose aucune question à son collègue sur son éventuel recyclage. Il ne songe même pas à le décourager en lui faisant remarquer que trouver du travail à la quarantaine carillonnée, dans un secteur qui n'est pas le sien et quand, en plus, on est sans diplôme, est chose fort difficile… à moins d'avoir des relations ou alors… un coup de chance.

Ce coup de chance, Victor l'a. Tout de suite. Devant la porte du salon où l'attend une Barbie déguisée en femme d'affaires stressée. Il ne l'a jamais vue et pourtant elle l'inventorie avec une rare familiarité :

— Grand front ! Grands yeux ! Grande bouche ! Grandes mains ! C'est sûrement vous, Victor, le coiffeur de Mme Mitran ?

— Oui, elle a même rendez-vous ce matin avec moi.

— Elle ne viendra pas. Elle m'a refilé sa place. Je suis sa fille. Je sais qu'elle vous a parlé de moi.

— Ah oui… vous êtes productrice à la télévision, n'est-ce pas ?

— Exact ! Mon nom est Gladys Lazare, comme la gare…

— Et comme le ressuscité, le frère de Marthe et de Marie de Béthanie.

Gladys pousse un cri de chef indien heureux, quelque chose comme « wahoo », puis ajoute :

— Maman ne m'a pas trompée. Vous êtes l'homme qu'il me faut.

— Pour quoi faire ?

— Mon émission ! Maman m'a dit que vous trouviez le concept génial.

— Intéressant, rectifie Victor. Et original. A double titre.

En effet, il s'agit d'une nouvelle émission de jeu, ou plutôt de joute culturelle, où – première originalité – les questions posées aux deux candidats sont fondées moins sur leur savoir que sur leur intelligence, leurs capacités déductives, leur esprit ingénieux.

La deuxième originalité – pas la moindre – s'affiche dans le titre même de l'émission : « Pour des prunes ! » Ça ne peut être plus clair : les concurrents joueront « pour des prunes », sans aucun autre espoir de gain qu'un bocal de pruneaux d'Agen et la sympathie de leurs concitoyens éventuellement admiratifs de leur désintéressement.

A cette époque de l'argent roi, le projet est risqué et mérite considération. Celle de Victor lui a été acquise d'emblée. Il a simplement chipoté sur le titre de l'émission et chipote encore :

— A la place de « pour des prunes » j'aurais préféré « pour l'honneur ». Ça correspondrait mieux, me semble-t-il, à l'ambition du propos.

— On verra ça plus tard ! réplique nerveusement Gladys. Pour le moment j'ai une autre ambition – primordiale, celle-là : que l'émission de ce soir puisse avoir lieu. Or, à l'heure qu'il est, je n'ai plus qu'un seul candidat sur les deux que nous avions sélectionnés. L'autre a été victime, cette nuit, d'une attaque cérébrale. Quant à ceux que nous avions écartés au cours de nos différents éliminatoires et que nous avons rappelés en urgence… aucun n'est libre. Tous avec des raisons incontournables.

— Il n'y a qu'à déprogrammer l'émission.

— La chaîne refuse. Ce serait la troisième déprogrammation en dix jours. Les sponsors menacent de s'en aller ailleurs alors que l'émission médiatisée un maximum les a mobilisés au-delà de toute espérance.

— Conclusion, dit Victor : sur les conseils de votre mère vous êtes venue me chercher pour sauver votre émission de ce soir.

A nouveau Gladys la sophistiquée rejoint dans la joie le chef indien primitif :

— Wahooou ! Vous avez tout compris. Vous êtes l'homme de la situation. Meilleur que l'autre candidat. Vous allez gagner. Etre connu. Reconnu. Célèbre. Respecté. Aimé. Recevoir mille propositions. Choisir la plus gratifiante. Croire que vous rêvez… et me bénir à chaque instant de vous avoir apporté la chance de votre vie !

Mis à part qu'à la minute présente Victor bénirait plus volontiers Mary Christmas que Gladys, les prévisions de cette dernière se réalisèrent au cours du mois suivant : l'ex-imbécile malheureux fut le vainqueur heureux de « Pour des prunes », devint le chouchou des médias, le héros du jour, le chéri de ces dames, et toutes les portes s'ouvrirent devant lui. Il ouvrit simultanément celle de la garçonnière de Gladys et celle de sa maison de production. Dans le premier lieu, il devint un amant agréablement fonctionnel, dans le second un concepteur exceptionnellement fécond. A longueur de journée, il lance des idées pour divers genres d'émissions : variétés, jeux, débats, téléfilms, magazines. Toutes sont jugées par Gladys « géniales », mais refusées par les chaînes qui les trouvent trop intellectuelles, trop ambitieuses, trop compliquées. Gladys finit par lui demander de « mettre un bémol à son imagination ». Malheureusement elle lui présente sa requête au lendemain de la troisième visite nocturne de Mary Christmas… alors que Victor sent son QI culminer au sommet. Ce qui ne l'empêche pas de rester poli et bienveillant. Au contraire des imbéciles souvent prétentieux et arrogants.

— Je suis désolé, dit-il. Je comprends très bien que tu aies l'obligation financière de produire des émissions… disons plus commerciales, mais hélas ! moi, je suis incapable de les concevoir.

— Comment ça, incapable ? Qui peut le plus peut le moins. Ce n'est pas difficile de penser au-dessous de tes moyens.

— Il n'en est pas question. D'abord ce serait une malhonnêteté intellectuelle. Ensuite je n'en ai nulle envie.

Désarçonnée par ce ton courtoisement hautain, Gladys tombe dans la vulgarité revancharde :

— Dans ces conditions, moi il n'est pas question que je te garde, ni au bureau ni dans mon lit !

— Rassure-toi, je ne serais pas resté, même si tu m'en avais prié : il y a désormais incompatibilité entre nos deux méridiens.

— Méfie-toi, Victor ! Tu n'es qu'un ex-garçon coiffeur ! Ne te prends pas pour un autre !

— Je ne me prends pas pour un autre, madame Lazare. Comme j'ai déjà eu l'honneur d'en informer l'une de vos congénères : je suis un autre.

Via Gladys, sa mère et quelques-unes de leurs amies, la dernière phrase de Victor parvient jusqu'à un éditeur au flair aiguisé. Celui-ci sent l'odeur indéfinissable du best-seller et fait aussitôt une rapide enquête auprès de ceux que Victor a connus avant qu'il soit un autre : Lépanouy. Loulou. Le vieux libraire. Les commerçants de la rue Pascal. Quelques clientes du salon de coiffure. Tous les témoignages concordent : avant d'être un surdoué épanoui, Victor a été le prototype de l'imbécile. Malheureux, soit ! Mais imbécile quand même ! Cette transformation si rapide a quelque chose de mystérieux.

Cette certitude acquise, l'éditeur convoque Victor dans son bureau et tout de go lui propose un contrat mirobolant pour un livre où il raconterait son fulgurant parcours et révélerait grâce à quoi – ou à qui ? – il est devenu un autre.

— Grâce à Gladys Lazare, répond Victor, ce n'est pas un secret.

— Impossible ! Je la connais ! Elle n'a été qu'un rouage de la machine. Mais il y a eu, j'en suis sûr, avant elle – ou au-dessus d'elle – un *deus ex machina*. Ou une *dea* ?

Victor ne nie pas. A plusieurs reprises déjà il a eu l'idée d'écrire le récit de sa fabuleuse histoire et d'évoquer l'intervention surnaturelle à qui il la doit, sans jamais bien sûr préciser le rôle de Mary Christmas dans cette affaire, et encore moins celui de Blaise Pascal. Il sait d'une façon presque certaine que ce livre serait un succès et que ce succès pourrait déboucher pour lui sur une carrière littéraire qui le comblerait à tout point de vue. C'est tentant. Très tentant. Pourtant, il demande à l'éditeur quelques jours de réflexion. L'éditeur lui en accorde trois et marque sur son agenda leur prochain rendez-vous au jeudi suivant, à dix heures du matin.

Le lundi, Victor déambule dans les rues. Montré du doigt par les passants qui le reconnaissent, harponné par les amateurs d'autographes, interrogé par les curieux, envié par les uns, méprisé par les autres, il conclut en fin de journée que la gloire ne fait certainement pas le bonheur mais... que l'anonymat non consenti n'y contribue pas davantage. Alors...

Le mardi, Victor reste chez lui. Il ressasse son problème tout en dévorant ceux des vedettes de l'actualité que la télévision, la radio, les journaux, les magazines, moulinent et remoulinent. Ce « jus de média » qui n'est autre que le jus de notre vie quotidienne lui confirme cette banalité désolante : l'amour ne fait pas le bonheur. L'argent non plus. Mais comme – autre lieu commun affligeant – l'indifférence et la pauvreté ne l'apportent pas davantage... alors...

Le mercredi, le hasard réserve à Victor trois rencontres.

Le matin : Lépanouy. En train de « se marrer » au milieu d'un groupe d'imbéciles hilares dont Victor ne peut supporter plus d'une minute la déprimante euphorie.

L'après-midi : Loulou. Jacassante, minaudante, insipide, dont il ne comprend pas comment il a pu aussi longtemps se contenter – voire se satisfaire.

Le soir : Gladys. Barbie déguisée en Barbie, se pâmant aux propos d'un con déguisé en con, qu'elle trouve « génial », comme lui le mois dernier ! Eprouvante réminiscence !

Il conclut en se couchant que l'intelligence à haut niveau – comme la sienne à présent – conduisant à l'ennui ou à la solitude, ne fait pas le bonheur non plus. Mais… que l'imbécillité – du moins la sienne naguère – engendrait des frustrations qui ne le favorisaient pas davantage. Alors… alors…

Alors, le jeudi matin, espérant que la marche va aiguiser sa réflexion, il se rend à pied chez l'éditeur sans savoir encore s'il va ou non signer le fameux contrat. Chemin faisant, il pèse et repèse le pour et le contre, tergiverse, hésite. Lassé par le tango que ses pensées dansent dans sa tête : deux en avant, une en arrière, il décide de jouer son sort à pile ou face : si c'est pile, il signe le contrat. Si c'est face…

Il n'a plus que la rue à traverser pour arriver à la maison d'édition. Il s'arrête sur le bord du trottoir, bien que pour les voitures le feu soit au rouge. Il sort une pièce de sa poche. Il la lance en l'air. Elle tombe par terre. Il se baisse pour la ramasser. Le feu passe au vert. Une moto le fauche.

Le dernier visage qu'il voit avant de fermer les yeux : celui navré d'un agent de police.

Le premier visage qu'il voit en rouvrant les yeux : celui, radieux, de Mary Christmas.

Le deuxième visage qu'il découvre aussitôt après, il ne le connaît pas mais il est prêt à parier que…

— Vous êtes l'auteur des *Provinciales* ?

— Pari gagné ! répond Blaise Pascal.

L'ÉTERNEL SÉDUCTEUR

Il était une fois un Apollon sur le retour qui, plus qu'un autre de son espèce, paniquait de voir la ligne de départ s'éloigner chaque jour davantage. Pourquoi plus qu'un autre ? Simplement parce que notre Apollon était un gigolo de haute volée et que, son aspect physique constituant son capital, il était vital pour lui de le conserver le plus tard possible, dans le meilleur état possible. D'où un entretien rigoureux et une surveillance à la loupe de tous les points stratégiques que le Temps, l'ennemi irréductible et sournois, risquait d'attaquer à chaque instant.

En matière d'avertissement, récemment, l'ennemi s'était livré à quelques escarmouches du côté des lombaires ; mais un ostéopathe avait réussi en une seule séance à juguler ce léger « dégât des os » et personne ne s'en était aperçu. Pas même sa nouvelle conquête, l'héritière des fameuses conserves « Vert-Pré… toujours prêt ! », Ella Desmilliards, avec laquelle il rêvait de finir sa carrière de séducteur professionnel car, de vous à moi, il roulait plus des mécaniques que sur l'or… quelques dames de la jet-set ayant fait sa réputation, mais pas sa fortune.

De son côté, la jeune Ella Desmilliards était très

tentée de devenir Mme Julius Mac'Row, d'abord parce que son prétendant… prétendument écossais portait à bon escient des kilts affriolants qui découvraient ses mollets avantageux et lui laissaient deviner que le reste ne l'était pas moins. Ensuite, parce que plus gâtée par ses parents que par la nature, Ella était flattée par les attentions dont l'entourait le play-boy et par les regards d'envie qu'elle suscitait dans son entourage féminin depuis qu'il était son « prince qu'on sort ».

Manque de chance, les rubriques people des magazines venaient à peine de parier sur une idylle possible entre la richissime Ella et le toujours beau Julius, quand subitement les cheveux de celui-ci se mirent à tomber comme les feuilles d'un automne avancé. Ils ridiculisèrent les traitements les plus performants, les lotions les plus dynamisantes, les shampooings dits volumiseurs et jusqu'au terme de cuir… chevelu, un peu moins approprié chaque jour.

Il ne resta bientôt plus au malheureux Mac'Row que quatre mèches pour monter la garde sur son mont chauve et tromper les lunettes d'Ella que l'amour, il est vrai, rendaient moins performantes.

Un malheur n'arrivant jamais seul – surtout dans le domaine de l'esthétique – c'est au moment où son crâne s'allégeait que paradoxalement les traits de son visage s'alourdirent et peu à peu s'affaissèrent.

Julius estima qu'il était grand temps de replier le tout sur des positions préparées à l'avance. Il disparut du jour au lendemain sans explication, laissant sa dulcinée avec un paquet de doutes... très bon conducteur de la flamme amoureuse.

En réalité, il était parti pour le Brésil chez le docteur Ronaldo Samson, réparateur mondialement connu de l'irréparable outrage. Ce dernier, en praticien honnête – et surtout prudent –, rappela à son client, juste avant de l'anesthésier, que le risque zéro n'existait pas, mais le rassura aussitôt en lui affirmant qu'en vingt ans d'exercice il n'avait jamais connu un seul échec.

Avec Julius, il en eut deux à la fois. D'une part son visage après le lifting ressemblait en miniature à un parcours de motocross. D'autre part, les touffes des cheveux implantés, tels de jeunes poireaux ne se développèrent pas et transformèrent le crâne de Julius en jardin potager.

Dire que Mac'Row s'arracha les cheveux serait par trop facile et, en outre, faux. En effet, ce fut le docteur Samson qui s'en chargea puis repassa à l'action. Sur le front nord, il planta, déplanta, replanta. Se planta en long et en large. Sur le front sud, il tendit, retendit, détendit. Et se fit étendre sur toute la ligne.

Faute de se suicider comme Vatel, pour cet humiliant ratage, le docteur Samson jeta le gant... en caoutchouc. Le plus dur lui restait à faire : remonter non plus la peau mais le moral de Julius. Il s'y essaya sans grande conviction :

— Notez, dit-il, que dans un sens, vous avez de la chance : la calvitie est à la mode. En plus, je trouve la vôtre très... très intéressante. Vous avez ainsi une tête de...

— Concombre !

— Ah non ! J'allais dire une tête d'empereur romain.

— Peut-être, mais un empereur romain qui aurait une tête de concombre.

Le docteur comprit qu'il était engagé sur une voie sans issue et bifurqua vers l'itinéraire bis : les substituts capillaires quasiment indétectables et possiblement ludiques.

Cette vision cauchemardesque pour Julius d'une moumoute (appelons les choses par leur nom) attendant sur la table de nuit auprès d'un tube de Viagra lui arracha un cri d'horreur suivi d'un refus catégorique :

— Plutôt crever ! Je vais aller consulter l'un de vos confrères.

Le docteur Samson soupira avec une commisération non feinte :

— Si vous voulez, dit-il, mais, croyez-moi, ce sera en pure perte. Vous êtes devenu réfractaire à tout implant, à tout lifting. Votre cas ne relève plus de la chirurgie ordinaire.

— Et de quoi alors ?

— De la sorcellerie ! Oui ! Vous êtes la victime de Monica Halloween.

Bien sûr Mac'Row avait entendu parler de la sorcière américaine, mais, ayant perdu depuis longtemps son âme d'enfant, n'y croyait pas du tout. Il s'étonna que le docteur Samson, en principe rationaliste comme la plupart des médecins, eût l'air si convaincu de son existence.

— Bien obligé ! s'écria le Brésilien, elle a déjà bousillé plusieurs fois mon travail et celui de mes confrères ! Et, non contente de massacrer nos clients, elle signe de ses initiales ses forfaits.

— Comme Zorro ?

— Oui, mais pas au même endroit que lui.

— Où ça ?

Pour toute réponse, le docteur Ronaldo Samson déculotta le malheureux Julius et l'entraîna devant un miroir. Les yeux de Julius, d'habitude en amande, s'exorbitèrent en marrons – glacés – à la vue de l'horrible pièce à conviction : sa fesse gauche était zébrée d'un grand M comme dans « Malheur de Malheur ». Sa fesse droite, d'un grand H comme dans « Honte ! ».

Epouvanté, l'infortuné Mac'Row se précipita sur le lavabo le plus proche, s'y frotta puis s'y ponça le postérieur avec l'énergie du désespoir. En vain. Le tatouage restait bien implanté, lui :

— Merdique ! Hallucinant ! s'écria-t-il, obsédé déjà par le sigle de Monica Halloween.

Partagé entre la détresse et l'incompréhension, Julius demanda avec un bon sens méritoire dans sa situation :

— Mais de quoi cette sorcière a-t-elle voulu se venger avec moi ?

— De votre perfection physique. Elle est la laideur personnifiée. Elle ne supporte pas la beauté. Surtout quand elle est comme chez vous privilège de naissance et qu'elle se prolonge indûment sans effort et sans artifice.

— Si c'est vrai, pourquoi a-t-elle attendu si longtemps avant de se manifester auprès de moi ?

— Parce qu'elle vit et sévit le plus souvent sur le continent américain. Elle ne vient en Europe qu'à l'époque de la fête des morts, afin de s'y occuper à plein temps de sa promotion. Elle est tellement surbookée pendant ses séjours là-bas que vous lui avez échappé. Mais ici, elle vous a immédiatement repéré.

— C'est vraiment une salope !

— Eh oui... sinon ce ne serait pas une sorcière !

Mac'Row se révolta contre cette incontestable évidence et contre la résignation du médecin :

— Vous vous en fichez, vous : défiguré, marqué au fer rouge, vous pourriez continuer à gagner votre vie. Mais moi, ma gueule et mes fesses, ce sont mes gagne-pain ! Qu'est-ce que je vais devenir sans elles ?

Soucieux de ne pas avoir sur la conscience un chômeur de plus, le docteur Samson évoqua l'esquisse d'une solution :

— Il y a peut-être quelqu'un qui pourrait vous tirer d'affaire... je veux dire... rendre vos instruments de travail à nouveau utilisables...

— Qui ?

— Une personne... très haut placée... aussi haut que Monica Halloween... et qui possède le même genre de pouvoirs...

— Mary Christmas ? demanda Julius.

— Vous la connaissez ?

— De réputation. Comme la sorcière.

— Et vous seriez prêt à...

Julius était prêt à tout. A croire aux fées. Aux miracles. Au destin... Et aux explications du docteur Samson, rigoureusement exactes, d'ailleurs : le chirurgien entretenait des relations quasi fraternelles avec un de ses homologues français, d'origine brésilienne : le docteur Titi Tiremoy. Celui-là même dont on disait qu'il avait « des mains de fée ». Et pour cause : c'était celles de Mary Christmas qui se substituaient aux siennes pour les opérations délicates ! Titi l'avait avoué à Ronaldo le 12 juillet 1998 pour le consoler de la victoire de la France sur le Brésil par 3 à 0, lors du Mondial de football, et lui avait promis de lui présenter la fée, si par hasard un jour il se trouvait professionnellement en difficulté.

Le docteur Titi Tiremoy, homme de cœur et de parole, n'hésite pas à s'en souvenir quand son ami et confrère brésilien le lui rappelle par téléphone. Sans barguigner, il donne rendez-vous à Julius pour le lendemain même à son cabinet parisien où justement Mary Christmas doit passer.

Sur les ailes de l'espoir et d'un Boeing 347, Mac'Row s'envole le jour même vers Paris et l'obligeant chirurgien français.

Il entre dans sa salle d'attente, vêtu de la tenue qu'il a adoptée pour le voyage : un bonnet de laine enfoncé jusqu'aux sourcils, son col de caban remonté jusqu'aux tempes, des lunettes noires sur le nez. Il s'y installe à côté de la seule personne présente : une rayonnante créature dont il se demande quelle amélioration elle peut bien attendre d'un chirurgien esthétique. Elle lui jette un coup d'œil amusé, puis lui tend le vieux magazine qu'elle est en train de lire à son arrivée. Elle lui désigne d'un index qui sort de l'ordinaire une photo qui occupe la moitié de la page. Il s'y reconnaît au temps de sa splendeur, en compagnie d'une vedette de cinéma, elle, de la deuxième jeunesse.

— Vous étiez superbe, dit la ravissante avec une voix elle aussi peu commune.

Julius Mac'Row, doublement certain d'être méconnaissable dans son état actuel et sous son accoutrement, répond avec assurance :

— Mais ce n'est pas moi !

— Ne vous fatiguez pas, je suis Mary Christmas.

Ce nom magique, ajouté à l'index exceptionnel et à la voix rare, rameute les réflexes de séducteur de Julius, égarés dans ses tourments.

— Ah ! s'exclame-t-il en se levant pour mieux s'incliner sur la main de Mary (digne de son index), vous êtes tout à fait mon type de fée !

— Pauvre chou ! dit-elle avec un regard ambigu sur le visage de Julius dont la surface est aussi accidentée que celle du légume en question.

Mac'Row encaisse le coup, se rassoit et renoue le fil de la conversation :

— C'est vraiment très gentil de votre part d'être venue de si loin.

— Pensez-vous ! Je suis venue d'un coup d'aile. Les anges ne font pas grève !

— Quand même… je ne sais comment vous remercier.

— Attendez ! Rien n'est encore fait. Je peux rater mon coup.

— Quoi !

— Dame ! Si Monica a vent de l'affaire, elle est capable de se pointer, scalpel à la main, pendant mon opération et d'en découdre avec moi… au-dessus de vos cicatrices.

A cette perspective, de chou-fleur blanc la tête de Julius passe au brocoli vert.

Le docteur Titi Tiremoy sortant de son bureau à cet instant en est très frappé. Julius, lui, reste à moitié assommé. Le chirurgien et Mary en profitent pour l'assommer complètement par anesthésie dans la salle d'opération et commencer sur-le-champ – opératoire – l'intervention qui doit effacer les méfaits d'Halloween.

Après s'être réveillé ahuri, avec une pelote de bande Velpeau à la place de la tête… Après avoir traversé dans l'angoisse l'étape Toutankhamon… Après avoir envisagé, en cas de nouvel échec, de faire carrière dans des remakes de *L'Homme invisible* ou du *Masque de fer*… Après avoir vécu dans la débandade – ses bandages enlevés – la période nouveau-né cramoisi, Julius Mac'Row a le bonheur de se voir tel qu'il s'espérait : lui. Exactement lui. Mais en mieux ! Du moins en ce qui concerne les cheveux et le visage. En revanche, le reste laisse un peu à désirer. Forcément, sans régime et sans exercice physique, le muscle a fondu au bénéfice de la graisse. Et puis, c'est connu, dans un appartement, quand on vient de repeindre la cuisine, à côté le salon vous paraît nécessiter d'urgence une couche de peinture fraîche ! Bref, Mac'Row demande à ses deux sauveurs de chefs-d'œuvre en péril de poursuivre leur travail de restauration avec un petit coup de bistouri sur l'intérieur des cuisses et des bras, et, pendant qu'ils y seront, un petit coup de liposuccion sur le ventre.

Mary Christmas et le docteur Tiremoy rechignent un brin devant les exigences de leur client. Mais Julius a retrouvé assez de charme pour convaincre Mary, et Mary a assez d'ascendant sur le médecin pour qu'il accepte la « nouvelle partie de billard » réclamée par Julius.

Souriant à l'extérieur mais grinçant à l'intérieur, le docteur Titi Tiremoy invite sans ménagement son patient à regagner la table d'opération, « ventre à terre ».

— Je pense que vous aussi vous êtes pressé, dit-il pour excuser sa rudesse.

— C'est-à-dire que… je crains que ma fiancée ne commence à s'impatienter.

— Ella Desmilliards ?

— Oui.

— Eh bien, ne vous en faites pas : elle a… elle a… elle a une tête à vous attendre !

C'est la dernière phrase que Julius entend avant de s'enfoncer dans le tunnel de l'oubli. A nouveau il en sort en sosie de Toutankhamon et à nouveau passe par les chemins de l'angoisse, du doute, de l'espérance, avant d'aborder au comble du soulagement la place du muscle triomphant… et de retrouver dans une psyché l'image du David de Michel-Ange auquel il a naguère ressemblé.

Avec la chaleur qu'on devine, Julius remercie Mary Christmas et le docteur Tiremoy de leurs soins magiques et les assure de sa reconnaissance indéfectible. Son vocabulaire aurait lui aussi besoin d'un petit lifting. Mais il n'y a pas d'urgence. C'est comme pour ses fesses : il avisera plus tard.

Présentement, il rentre chez lui en fredonnant : « Y a d'la joie ! », se douche en chantant : « Ah ! je ris de me voir si beau en ce miroir », revêt un de ses anciens kilts de gigolo en sifflotant : « Aïo, aïo, reprenons le boulot ! » Enfin, il fait envoyer à Ella Desmilliards une gigantesque gerbe de roses. Cinquante-huit exactement : le nombre de jours qu'a duré leur séparation. Il y joint un bouquet de mensonges épistolaires dont le parfum, ajouté à celui des roses, achève de griser l'héritière des conserves « Vert-Pré… toujours prêt ».

Elle lui téléphone aussitôt pour le remercier de ses « zakouski du cœur » et lui demander gaillardement où et quand elle pourrait déguster le plat de résistance. Il lui propose le Trianon de Versailles, lieu qui lui semble adéquat pour des retrouvailles qu'il espère royales, et qui en outre comporte une piscine où elle pourrait juger sur pièce qu'il ne la vole pas sur la marchandise !

La rencontre est idyllique : elle trouve Julius en maillot encore plus beau qu'elle ne l'a imaginé. Lui la trouve moins vilaine que dans ses souvenirs. Il faut dire qu'elle a profité de leur séparation pour recourir à quelques « aménagements faciaux » et qu'elle a troqué ses grosses lunettes de myope contre des lentilles qui laissent apparaître ses yeux d'épagneul, à tout prendre plus attendrissants que les yeux de hibou qu'on devinait à travers ses anciens hublots.

Pendant le déjeuner – savoureux – leur bavardage ne l'est pas moins. Ella lui avoue avoir beaucoup pleuré pendant son absence et avoir même lancé quelques fins limiers à ses trousses, avec mission de le ramener mort au besoin, mais vif de préférence.

— Aucun résultat ! avoue-t-elle, presque admirative. Où étiez-vous donc ?

— Dans un couvent au Brésil. J'avais besoin de silence et de recueillement avant de répondre à la question que je me posais depuis des mois.

— Quelle question ?

— Dois-je l'épouser et fonder une famille avec elle ? Ou continuer ma vie solitaire et dissolue ?

— Mais épouser qui ? demanda Ella haletante.

— Vous, bien sûr… mon premier amour…

— Votre premier ?

— Mais oui ! Et si vous le voulez bien, mon dernier aussi.

— Votre dernier ?

— Oui, dans le couvent brésilien, j'ai décidé, si vous en êtes d'accord, de m'unir à vous pour toujours devant Dieu et les hommes.

Ella n'a même pas l'envie d'ajouter : « Et devant mes petites copines ! » Preuve que son bonheur est à ce moment-là assez fort pour dissoudre ses anciennes amertumes. Elle accepte d'accorder à Julius non pas sa main, comme il le souhaitait, mais son annulaire gauche afin qu'il y enfile une bague de fiançailles qu'elle paierait, elle, bien sûr (ça c'était secondaire), mais qu'il choisirait, lui (ça, c'était primordial). Elle pense qu'il faudra bien à son aimé une quinzaine de jours minimum pour dénicher le joyau symbolique dont elle rêve. Il acquiesce. Elle pense aussi qu'après sa longue période d'abstinence dans son couvent brésilien, il tarde à Julius de renouer avec les plaisirs de la chair et, comme de son côté il lui tarde à elle de les découvrir en sa compagnie, elle lui propose de rejoindre la suite royale qu'à tout hasard elle a déjà réservée. Là, il n'acquiesce pas du tout.

— Pas question ! s'écrie-t-il. Vous êtes une vraie jeune fille. L'espèce est assez rare pour qu'on la préserve. Je ne vous toucherai pas avant notre mariage.

A la grande surprise de Julius, l'ingénue riposte avec l'assurance d'une grande coquette :

— Eh bien, moi, je ne me marierai pas avec vous sans être sûre que vous êtes l'amant de mes rêves et de mes espoirs.

— Enfin, Ella... pardon si je vous parais prétentieux, mais... renseignez-vous auprès de vos amies...

— Désolée ! Mes goûts ne sont pas forcément les leurs. Je ne me fie qu'à moi-même. Comme mes parents avec leurs petits pois : ils goûtent d'abord. Ils achètent après.

— Mais enfin...

— Je ne comprends pas votre réticence : ne seriez-vous pas sûr de vous ?

— Si ! Mais...

Mais... Mais... Mais il y a ses fesses ! Et ça, il ne peut pas lui dire. Il peut tout au plus les lui cacher... au prix d'une gestuelle qui risque d'être démobilisante. De toute façon, il n'a pas le choix : elle est déjà debout, la flamme dans son œil d'épagneul (qui tout compte fait est un chien de chasse) et la question clé sur ses lèvres entrouvertes :

— Alors, on y va, oui ou non ?

Ils y vont. Lui comme une pucelle. Elle comme un hussard.

Cette comparaison reste valable pour la suite des événements qui se succèdent à toute vitesse dès que la porte de chambre se referme sur le couple.

D'abord, elle allume les lumières. Toutes les lumières. Y compris celle d'une torche électrique – pas Louis XVI pour un sou – posée curieusement sur la table de nuit. Il dit :

— Mais…

Elle répond :

— Tais-toi !

Ensuite : avec une dextérité d'hétaïre véloce (ce n'est pas toujours le cas) elle lui ôte son pantalon. Il murmure :

— Oh… Oh… Oh… Oh…

Elle s'écrie :

— Rrrah !

Enfin, elle s'empare de la torche et en braque le faisceau lumineux sur les fesses de Mac'Row qui serrées sous l'effet de la panique sont encore plus fermes que d'habitude. Elle s'extasie et hurle de joie :

— C'était donc vrai !

Il balbutie :

— Quoi ?

— La vengeance de Monica Halloween !

— Hein ?

— Inutile de nier ! Mary Christmas m'a tout raconté.

— Tu la connais ?

— Ah ! je t'en prie ! Ne joue pas les innocents ! C'est toi qui me l'as envoyée avec tes cinquante-huit roses et tes fleurs de rhétorique !

Subitement rasséréné par ce scoop inespéré, Julius récupère très vite ses réflexes de séducteur astucieux. Il joue le penaud repentant – rôle où il excelle – avoue à Ella qu'effectivement il a chargé son amie Mary de lui expliquer la provenance du sigle sur son séant (devenu malséant), pensant que, en tant que femme, elle plaiderait mieux sa cause que lui-même ; puis lui soutire les explications que Mary a inventées pour le sauver. Explications toutes simples et parfaitement crédibles... dans la mesure où elles sont fournies par une fée. Fournies par lui, elles ne seraient pas passées, c'est évident. Jamais Ella n'aurait cru que Monica Halloween s'était prise d'une passion infernale pour Julius. D'abord elle n'aurait pas cru que la sorcière existait... forcément ! Mais quand c'est une fée qui vous l'affirme, on est tout de suite convaincu... forcément ! Ella n'aurait pas cru davantage que Julius s'était débattu comme un beau diable (non, pardon, comme un bel ange) contre les assauts répétés de Monica et que celle-ci, vexée, dépitée, furieuse s'était vengée en le marquant de son sceau infamant afin, pensait-elle, de rendre à tout jamais impropre à la consommation son « tagada ». C'est ainsi, selon Mary, que la sorcière appelait le fonds de commerce de Julius. Le mot ravit Ella au point qu'elle l'a adopté. Le mot et la chose.

— Je serai la seule, dit-elle, à connaître ton tagada. Il est le garant de ta fidélité. De mon bonheur. De ton bonheur. De notre bonheur.

— Pas si fort ! Méfie-toi ! Si Monica Halloween t'entend, elle va rager d'avoir raté son objectif et, d'un coup de son balai magique, elle va effacer ses initiales.

— Aucun danger ! Mary Christmas m'a confié qu'elle avait mis la sorcière hors d'état de nuire pour un bon moment.

— Ah bon ? Comment ?

— En la défigurant.

— Ça, c'est impossible ! Elle est déjà si laide !

— Justement ! Elle l'a rendue jolie : ça lui a ôté toute son agressivité.

— Définitivement ?

— Tu es fou ! Et le commerce ?

Julius sourit au réalisme de Mlle Desmilliards ; à l'imagination de Mary Christmas ; au romantisme très bien contrôlé de la première ; au romantisme refoulé de la seconde ; au tagada de l'une… avec vue sur la mer de la Fortune ; aux yeux de l'autre avec vue sur le Rêve.

Fermez le ban !

Publiez-les !

Trois semaines après Versailles, c'est Venise… Pas triste pour un sou… et encore moins pour des millions de dollars !

En tout lieu et à tout moment la jeune épousée porte sa bague de fiançailles exécutée, comme elle l'a souhaité, d'après une idée de Julius. Le cabochon est formé par une miniboîte de conserve – en platine – d'où s'échappent quelques petits pois – en émeraude. A l'intérieur de l'anneau sont gravées les initiales de… Mary Christmas. Ella considère cette bague comme un talisman. Pourquoi pas ? En tout cas, depuis qu'elle brille à son doigt, Julius Mac'Row ne perd pas une occasion de lui prouver qu'il est, comme les conserves « Vert-Pré »..., toujours prêt !

Table

Préface 7
Le président de la République 11
Le doué contrarié 33
Le complexé social 53
La gloire Kleenex 69
La victime du hard 81
L'hypermnésique 103
Le sous-dimensionné 121
La surdimensionnée 137
Le mal-aimé 153
La trop gâtée 171
La complexée sociale 189
La grosse Bertha 207
Le surdoué du sexe 227
L'imbécile malheureux 245
L'éternel séducteur 265

Impression réalisée sur Presse Offset par

BRODARD & TAUPIN

GROUPE CPI

19025 – La Flèche (Sarthe), le 03-06-2003
Dépôt légal : juin 2003

POCKET – 12, avenue d'Italie - 75627 Paris cedex 13
Tél. : 01.44.16.05.00

Imprimé en France